ASHS WILDFANG

ALPHAS IN ALASKA
BUCH VIER

TAMSIN LEY

FRANZISKA POPP

Twin Leaf Press

Ein Haufen Lügen

Schwanger flieht Melody Rush nach Alaska, um dem brutalen Alpha zu entkommen, dessen Baby sie im Bauch trägt. Er hat es auf ihre Erbschaft abgesehen, die sie nur bekommt, wenn sie ihn heiratet. Lieber lebt sie in Armut, als sich für den Rest ihres Lebens an einen Mann zu binden, den sie verabscheut.

Als sie von einem riesigen, tätowierten Kopfgeldjäger aufgespürt wird, gehen ihr die Ideen aus. Obwohl er stets mürrisch und gereizt wirkt, ist er überraschend nett zu ihr, und etwas an ihm lässt sie auf eine Weise erschauern, die nichts mit Angst zu tun hat.

Ein angeschlagener Held

Ash Huntington befindet sich auf einer Mission. Er ist entschlossen, sein Rudel aus dem Schuldenberg zu holen, den er zu verantworten hat. Als er schließlich die Person einfängt, der er nachgejagt war, besteht sein Wolf darauf, dass sie seine Gefährtin ist. Melody ist witzig, willensstark und unerschütterlich. Alles, was sie will, ist ihr ungeborenes Kind von dem Monster zu beschützen, das ihn angeheuert hat. Wenn Ash sie nicht an den

Mann übergibt, verliert sein Rudel alles. Tut er es, verliert er sie. Für immer.

Lektorat: Christian Popp

ISBN: 978-1-950027-74-3

Twin Leaf Press
PO Box 672255
Chugiak, AK 99567

Ash zog seine Skimütze tief in die Stirn, um den beißenden Wind aus der Bucht abzublocken. Die Innenstadt von Anchorage erinnerte im Februar an den Nordpol. Die strahlende Sonne traf auf den schmutzigen Schnee, der die Straße säumte. Sogar sein Wolf hatte sich in seinem Verstand zu einem Ball zusammengerollt, zufrieden damit, bei diesem kalten Wetter nicht zu irgendetwas aufgefordert zu werden. Pinkes Salz knirschte unter Ashs Stiefeln, als er einen Van passierte, aus dem Rentierwurst verkauft wurde. Das Fur-Rendezvous-Festival war in vollem Gang, und trotz der niedrigen Temperatur wimmelte es auf dem Bürgersteig von Menschen.

Er hatte in Erfahrung gebracht, dass die Erbin, der er nachjagte, in der Nähe ihren Schmuck in einem Pfandhaus verkauft hatte. Die Prämie, die er sich für sie erhoffte, war hoch. Fünfundzwanzigtausend plus Spesen. Das Geld würde ausreichen, um einen Teil seiner Schulden zu bezahlen. Dafür musste er jedoch schneller sein als die anderen Kopfgeldjäger.

Er wartete darauf, dass er die Straße überqueren konnte und lauschte indessen der Karnevalsmusik nur wenige Blocks von ihm entfernt. Nicht weit von ihm sah er die schmiedeeisernen Stangen vor den Fenstern des Pfandhauses. Das frostige Glas blockierte den Blick auf einen Mischmasch von Gegenständen, die zum Verkauf ausgestellt waren.

Eine vertraute, drahtige Person trat aus dem Laden, schaute in beide Richtungen und traf dann auf Ashs Blick. *Verdammt.* Talvin, ein Fuchswandler aus Bootlegger's Cove. Normalerweise verdiente er seinen Lebensunterhalt damit, für einen ansässigen Anwalt Schriftstücke zuzustellen. Er war jedoch auch dafür bekannt, hin und wieder als Kopfgeldjäger zu arbeiten.

Ash hastete vor einem Chevrolet Suburban über die Straße und ignorierte das wütende Hupen. Er musste herausfinden, was Talvin entdeckt hatte, bevor der Mann in der Menge verschwand. Ash schlitterte auf dem Bürgersteig zum Stehen, stemmte eine Hand gegen die Hauswand und verhinderte so, dass Talvin um die Ecke bog.

Talvin zuckte zusammen und zog seinen abgenutzten Mantel bis ans Kinn. „Hey, Ash. Was geht?"

Der Kerl wusste genau, warum er hier war, und Ash war nicht in der Stimmung für Smalltalk. „Was hast du herausgefunden?"

„Du hast mich lediglich beim Shopping erwischt." Der kleinere Mann trat einen Schritt zurück. „Ich will keinen Ärger."

Ash fuhr mit der Zunge über seine Vorderzähne und zwang sich, Ruhe zu bewahren, als er eine Frau in einem dicken Parka bemerkte, der mit einer beeindruckenden Sammlung Fur-Rendezvous-Pins geschmückt war. Das Letzte, was er jetzt brauchte, war, dass jemand die Polizei rief. Er stand auf der Abschussliste der Polizeiwache Anchorages. Sie würden ihn erst verhaften und später Fragen stellen. Dann würde er seine Prämie auf jeden Fall verlieren.

Er ließ seine Stimme so ruhig wie möglich klingen und fragte: „Was hast du gekauft?"

Talvin zog ein Telefon aus seiner Tasche. „Neues Handy. Kann ich jetzt gehen?"

Es gefiel ihm nicht, aber Ash senkte seinen Arm und rief die Sinne seines Wolfes auf, den Geruch des anderen Wandlers abzuspeichern, als der sich hastig davonmachte. Wenn nötig, könnte er so den Fuchs aufspüren, nachdem er mit dem Verkäufer im Laden gesprochen hatte. Er wartete, bis Talvin um die Ecke verschwand und öffnete die Tür des Pfandhauses.

Das Glöckchen über der Tür spielte Jingle Bells und er trat ein. Staub wirbelte und es roch nach ranzigem Maschinenfett. Er erlaubte seinen Augen, sich an den recht dunklen Laden zu gewöhnen, und bemerkte den alten Theatervorhang, der den hinteren Teil des Geschäftes verdeckte. Im Hauptbereich stapelte sich in den Regalen der Ramsch, alles von gebrauchten Fahrrädern über Campingausrüstung bis hin zu Spielzeug und sogar eine verbeulte Schaufensterpuppe in einem perlenbesetzten Hochzeitskleid. Zu seiner Linken saß ein kahlköpfiger Verkäufer mit Brille auf einem Hocker zwischen zwei Glasvitrinen voller Waffen und Schmuck.

Der Mann legte ein zerfleddertes Taschenbuch von Louis L'Amour mit der Vorderseite nach unten auf den Tresen hinter sich und schob seine Brille die Nase hoch. „Kaufen oder verkaufen?"

Ash zog ein Foto aus seiner Tasche. Die Frau, die er suchte, gehörte zu einem Rotwolfrudel im Süden, ein hübsches Mädchen mit rundlichem Gesicht, sinnlichen Lippen und langen braunen Haaren. Genau Ashs Typ – ein Gedanke, den er nicht zulassen durfte. Sie lächelte nicht in die Kamera, aber da war ein Funkeln in ihren Augen, das ihm sagte: *Ich habe nicht nur ein hübsches Gesicht.* Er hielt dem Verkäufer das Foto hin. „Ich suche diese Frau. War sie in letzter Zeit hier?"

Der Mann hob seufzend den Blick zu der fleckigen Akustikdecke. „Verdammt nochmal. Sie sind heute schon der Zweite, der nach ihr fragt. Ist der Kram, den sie mir verkauft hat, gestohlen?"

„Keine Ahnung", sagte Ash und steckte das Foto wieder ein. *Ich hätte wissen müssen, dass Talvin gelogen hat.* Darum würde er sich später kümmern. Im Moment musste er herausfinden, was der Mann wusste. „Ihre Familie hat mich angeheuert, sie zu finden. Haben Sie noch etwas von den Dingen, die sie an Sie verkauft hat?" Wenn er eine frische Duftspur aufnehmen könnte, wäre sein Wolf vielleicht in der Lage, sie aufzuspüren.

Der Verkäufer öffnete die Rückseite der Glastheke und zog ein mit Diamanten besetztes Tennisarmband heraus. Selbst in diesem beschissenen, fluoreszierenden Licht funkelten die luxuriösen Brillanten. Das Stück musste mindestens acht Riesen wert sein. „Damit kam sie letzte Woche ins Geschäft. Ich bin mir nicht sicher, wie ich es verkaufen soll, aber ich habe es für ein Schnäppchen ergattert."

Ash griff danach, der Mann jedoch zog das Schmuckstück zurück und musterte die Tattoos auf Ashs Hand. „Anschauen, nicht berühren."

Ash starrte den Mann nieder und fragte: „Wie soll ich dann beurteilen, ob es echt ist?" Das war es natürlich. Die Frau war schließlich eine Erbin. Ash interessierte es nicht, ob das Schmuckstück echt war oder nicht. Er wollte nur den Duft aufnehmen.

Der Mann zögerte einen Moment, schien kurz nachzudenken, und streckte dann langsam den Arm aus. „Okay. Nur zur Info: Ich habe eine Waffe, also nicht auf dumme Ideen kommen."

„Verstanden." Ash nickte respektvoll und griff sich das Armband, gab vor, die Edelsteine zu untersuchen, und nahm indessen einen tiefen

Atemzug. Der Geruch des Angestellten war die obere Schicht – Schinkenbrot und Bier. Aber darunter gab es einen anderen Duft, der ihn an luxuriösen Samt und Schokolade erinnerte.

Ashs Wolf regte sich. *Gefährtin.*

Halt dich zurück, Kumpel. Es war lange her, dass Ash mit einer Frau zusammen gewesen war, aber Gefährten waren selten, und der Geruch war zu schwach, um zu einer vorschnellen Schlussfolgerung wie dieser zu springen. *Sobald wir die Prämie eingesackt haben, gehen wir feiern.*

Ash gab dem Verkäufer das Armband zurück und fragte: „Hat sich das Schmuckstück in letzter Zeit noch jemand angesehen?"

Das Gesicht des Mannes hellte sich auf. „Haben Sie Interesse daran? Ich mache Ihnen ein hervorragendes Angebot."

„Nein. Ich habe gefragt, ob sich das noch jemand angesehen hat." Teure Schmuckstücke waren das Letzte, was Ash im Sinn hatte. Er musste diesen Job zu Ende bringen und seine Schulden begleichen. „Was ist mit dem Mann, der vor mir hier war?"

Der Verkäufer runzelte die Stirn und legte das Armband in die Glastheke zurück, wo es sich neben anderen Schmuckstücken auf einem schwarzen Samtbett gesellte. „Wie ich auch ihm gesagt habe, steht nicht das Wort *Information* auf meiner Stirn. Wenn Sie an einem Kauf nicht interessiert sind, gehen Sie bitte."

Seufzend kramte Ash nach seiner Brieftasche. Er zog seinen letzten Zwanziger heraus und legte den Schein auf den Tresen. „Alles, was ich wissen will, ist, ob Sie wissen, wo das Mädchen wohnt und ob der Kerl, der vor mir hier war, sich ihre Sachen angesehen hat."

Der Verkäufer verschränkte die Arme vor der Brust und musterte den Zwanziger, bevor er Ash einen aussagekräftigen Blick zuwarf.

Ash war ehrlich: „Mehr habe ich nicht." Abgesehen von der Stempelkarte eines lokalen Sandwichladens war seine Brieftasche leer. Dann fügte er hinzu: „Sie ist in Gefahr." Die Leute wollten hübsche Mädchen immer beschützen.

Der Mann schob seine Brille die Nase hoch, zuckte mit den Schultern, streckte die Hand aus und schnappte sich den Schein von der Theke. „Sie meinte zu mir, dass sie das chinesische Restaurant die Straße runter mag. Ich glaube, sie hat auch erwähnt, dass ihre Wohnung zu Fuß erreichbar ist."

„Danke."

Ash ging zur Tür hinaus. Sein Wolf verspürte den Drang, herauszubrechen und dem Geruch der Frau zu folgen. In der Umgebung gab es nur ein paar Möglichkeiten für Wohnungen. Da er ihren Geruch hatte, sollte es kein Problem darstellen, sie zu finden.

Er war im Begriff, sich eine Erbin einzufangen.

2

„Nein, nein, nein!" Melody stieß mit dem Auto gegen den Bordstein, als der Motor abwürgte. Die Kontrollleuchte blinkte bereits seit einer Woche, aber sie hatte nicht das Geld, um das Auto in die Werkstatt zu bringen. Sie starrte auf die Anzeigen. Nur die Heizung funktionierte, die lauwarme Luft gegen die von Eis verkrustete Windschutzscheibe blies. *Was nun?*

Sie atmete tief ein, wartete eine Sekunde und versuchte erneut, das Auto zu starten. Die Heizung blieb standhaft, aber der Motor weigerte sich, mitzuarbeiten. Sie schloss die Augen und kämpfte gegen Tränen an. Vor gerade einmal sechs Monaten hätte sie ein Taxi gerufen und *American Automobile Association* den Rest erledigen lassen. Im Moment hatte sie nicht mal eine Versicherung, geschweige denn Pannenhilfe.

„Sei stark, Melody. Die Wohnung ist nur ein paar Blocks entfernt", sagte sie sich. Bis sie nachhause käme, wäre ihr Essen kalt.

Im Auto roch es nach Sesamhuhn – chinesisches Essen gehörte zu den wenigen Dingen, die sie seit dem Beginn ihrer Schwangerschaft ertragen konnte. Sie hatte ihren Job als Barista schon nach ein paar Tagen verloren, weil ihr bei dem Kaffeeduft übel geworden war, was alle zehn Minuten zu Toilettenbesuchen geführt hatte. Jeder andere Ort, an dem sie sich beworben hatte, wollte Referenzen, und sie konnte es nicht riskieren, eine Spur zu hinterlassen. Brennan, der Alpha des Rudels, hatte Verbindungen und würde nicht ruhen, bis er sie fand.

Da sie noch keinen neuen Job hatte, war sie gezwungen gewesen, ihren Schmuck zu verpfänden, sodass sie die Miete bezahlen konnte. Das Armband, das sie letzte Woche verkauft hatte, hätte das Vierfache des Preises einbringen sollen, aber Verhandeln gehörte noch nie zu ihren Stärken. Sie hatte keine Ahnung, wie sie bis zur Geburt des Babys überleben sollte, geschweige denn, wie sie sich danach um ihr Kind kümmern würde.

Jetzt war auch noch ihr Auto im Arsch. Sie musste sich schnell einen Plan einfallen lassen, sonst wäre sie gezwungen, mit ihrem sprichwörtlichen Schwanz zwischen den Beinen zu ihrem Rudel zurückzukehren. Sie konnte sich die Narbe auf Brennans Oberlippe vorstellen, die sich vor Vergnügen verzog, als er darüber nachdachte, wie er sie für ihre kleine Ausreißaktion bestrafen konnte.

Das Baby drückte auf ihre Blase, ein Gefühl, das erst in der letzten Woche dazugekommen war. Sie musste dringend auf die Toilette. „Okay, okay, okay, ich gehe ja schon", sagte sie und hakte die Finger in den Henkeln der weißen Plastiktüte ein, in der sich ihr Essen befand.

Sie stieg aus dem Auto aus, trat auf den eisigen Bordstein und schloss den Reißverschluss ihres Parkas über ihren kleinen Babybauch, obwohl sie wusste, dass die Jacke gegen den eisigen Wind keine Chance hatte. Ihre Wangen waren schon taub und so richtete sie ihren Schal, bevor sie in ihren Taschen nach Kleingeld für den Parkautomaten suchte.

Ein vorbeigehender Mann in einem Wollmantel sagte: „Das ist ein Behindertenparkplatz, falls es Ihnen entgangen sein sollte."

Ihre Schultern sackten nach unten. Er hatte Recht. Sie schloss ihre Handtasche und wandte sich ab. „Ich schätze, das ist *eine* Möglichkeit, kostenlos abgeschleppt zu werden."

Damit sicherte sie sich die Aufmerksamkeit von zwei Frauen in Designer-Skiparkas. Schnell klappte sie den Mund zu. Mom hatte sie immer dafür getadelt, jeden einzelnen Gedanken laut auszusprechen, aber sie schaffte es nicht, diese Angewohnheit abzustellen. Nicht mal, nachdem Brennan ihr eine blutige Lippe verpasst hatte, weil sie ihm gegenüber ihre Meinung geäußert hatte.

Mit dem Wind im Rücken machte sie sich auf den Weg und stapfte nachhause. Ein Festival war in vollem Gange und füllte die Luft mit Karnevalsmusik und Lachen, und sie musste auf dem Bürgersteig immer wieder dick eingepackten Fußgängern ausweichen.

Um die nächste Ecke befand sich ihre Wohnung. Das Viertel war nicht das beste. Dort jedoch hatte der Vermieter keine Dokumente verlangt und sie hatte einen großartigen Ausblick auf Mount Susitna. Die schlafende Lady, wie die Einheimischen den Berg nannten, erinnerte sie an eine schwangere Frau, eine Leidensgenossin, mit der sie oft sprach, während sie allein in ihrem Wohnzimmer saß. Und seit ihrer Flucht vor dem Rudel war sie oft allein.

„Besser allein als in schlechter Gesellschaft", sagte sie zu ihrem Bauch.

Die Straße führte in das Industriegebiet und auf dem Weg fanden sich überall Fahrgeschäfte. Der Hausmeister schien nicht zu denken, dass der Bürgersteig entlang der Straße zu seinem Aufgabenbereich gehörte und so war der Weg nicht gestreut. Melodys Designerstiefel hatten kein nennenswertes Profil und sie musste einen Zaun packen, um nicht auf ihrem Hintern zu landen, als sie sich rutschend auf die Seitentür zubewegte. Eine Straße weiter, in der Nähe der blinkenden Lichter des Karnevals, schien ein kleines Kind in einem grünen Schneeanzug in die Luft zu segeln.

Bei dem Anblick erstarrte Melody. „Was passiert hier?"

Die Menge jubelte und das Kind flog erneut in die Luft.

Wenn ihr nicht so kalt wäre, würde sie die Möglichkeit in Betracht ziehen, an ihrer Wohnung vorbeizumarschieren, um zu sehen, was dort vor sich ging. Der Wind jedoch fühlte sich wie Million kleiner Nadeln auf ihrer Wange an. Also machte sie sich wieder auf den Weg. Von ihrer Wohnung könnte sie nachsehen, ob sie durch ein Fenster die Vorführung sah.

Mit steifen Fingern suchte sie in ihrer Tasche nach ihrem Schlüssel, bevor sie bemerkte, dass wieder jemand die Tür offen gelassen hatte. „Oh nein."

Sie trat ein und zog die Tür fest hinter sich zu, um nach Anzeichen eines Einbruchs zu schauen. Letztes Mal war ein Obdachloser im Aufzug eingeschlafen und sie hatte die Treppe benutzen müssen. Ihre Wohnung befand sich im zweiten Obergeschoss. Ihre Eisfüße würden die Stufen wohl nicht schaffen. Sie drückte den Knopf am Aufzug. „Bitte sei leer."

Zum Glück war das der Fall. Die ruckelige Fahrt zu ihrem Stockwerk erinnerte sie daran, wie dringend sie auf die Toilette musste. Nachdem der Fahrstuhl sie freigegeben hatte, rannte sie zu ihrer Wohnungstür. Ihr bereits kaltes Essen stellte sie auf die Armlehne des Sofas und dann schloss sie die Tür hinter sich ab. Auf dem Weg vom

Wohnzimmer zum Badezimmer zog sie sich ihren Parka aus.

„Muss pinkeln, muss pinkeln, muss pinkeln", sang sie, als sie hektisch ihre Hose nach unten schob. Ihr war so kalt, dass sich sogar der Toilettensitz warm an ihrer Haut anfühlte. Dann leerte sich ihre Blase und sie entließ einen erleichterten Seufzer.

Sie wusch sich gerade die Hände, als sie ein Knarren vernahm. Es schien sich jemand in ihrem Schlafzimmer zu befinden. Sie stellte das Wasser ab und lauschte.

Das nächste Dielenbrett knackte.

Jeder Muskel in ihrem Körper spannte sich an. Obwohl ein Elternteil von ihr ein Wandler war, hatte sie keine Tiergestalt, die ihr Schutz bot. Großvater hatte immer gemeint, dass ihre Mutter ihre schwachen Gene an sie weitergegeben hatte. *Ich sollte die Polizei rufen.* Nur befand sich ihr Handy in ihrer Jacke, der sie sich im Eingangsbereich entledigt hatte.

Panisch suchte sie nach etwas, das sie als Waffe verwenden konnte. Der einzige Gegenstand in Reichweite war die Toilettenbürste. Die packte sie und spähte in das finstere Schlafzimmer. Die

Jalousien waren geschlossen, aber es war hell genug, um zu sehen, dass die Bettdecke unordentlich war, da sie es nie schaffte, ihr Bett zu machen. Der Schrank hatte keine Türen, hinter denen sich jemand verstecken konnte. Vielleicht hatte sie sich die Geräusche nur eingebildet. Schließlich war das Gebäude alt und knarrte an allen Ecken und Kanten.

Mit klopfendem Herz schlich sie in den Raum. Die oberste Schublade ihrer Kommode hing offen. War sie dafür verantwortlich? Ihr übriger Schmuck befand sich in dieser Schublade, ihre einzige Hoffnung, sich bis zu der Geburt ihres Babys über Wasser zu halten. Ihr Kopf drehte sich. Was, wenn er schon bei ihrer Ankunft in der Wohnung gewesen war und sie es nicht bemerkt hatte? Der Dieb könnte gerade fliehen.

Mit der Toilettenbürste in der rechten Hand eilte sie zur Schublade und spähte hinein. Sie war noch nie jemand gewesen, der Kleidung fein säuberlich faltete, und so lagen ihre Höschen und ihre BHs unordentlich in der Kommode. Sie stupste die Dessous beiseite und suchte nach dem Seidenbeutel mit ihrem Schmuck.

Er war nicht zu finden.

„Hurensohn", zischte sie. Der Zorn verdrängte ihre Angst.

Sie wirbelte zur Tür herum. Wenn der Dieb noch im Gebäude war, sollte sie zumindest an eine Beschreibung kommen, sodass die Polizei ihn vielleicht fand. Wie konnte er es wagen, hier einzubrechen und ihre Sachen anzufassen? Sie eilte aus dem Schlafzimmer in den kleinen Wohnbereich und kollidierte mit etwas Festem. *Lebendig.*

Ein riesiger, tätowierter Mann stand zwischen ihr und dem Ausgang.

3

Ash streckte seine Arme aus und verhinderte so, dass Melody nach hinten fiel. Sie schwang eine Toilettenbürste wie einen Knüppel und ging ein paar Schritte zurück. Ihre Lippen formten ein überraschtes O. Sie war in Wirklichkeit noch atemberaubender als auf ihrem Bild. Und jetzt, da er sie vor sich stehen hatte, konnte Ash nicht länger leugnen, worauf sein Wolf seit dem Moment bestand, als er ihren Geruch am Armband wahrgenommen hatte.

Melody Rush war seine <u>Gefährtin</u>.

„Scheiße." Er seufzte. Konnte das Schicksal noch grausamer sein? Die Frau, die er einfangen sollte, war auch die Frau, die er beschützen, ehren und lieben sollte.

„Die Polizei ist auf dem Weg", sagte sie durch gefletschte Zähne.

Beschütze sie, drängte sein Wolf.

Sein Blick fiel auf ihren sanft gewölbten Bauch. In der Akte hatte nichts von einer Schwangerschaft gestanden, aber seine Wolfssinne bestätigten, was seine Augen sahen. Er hatte es sich zur Regel gemacht, nicht zu fragen, warum ihn jemand dafür bezahlte, ausgerechnet diese Person zu finden. Schon gar nicht bei seinen Aufträgen, bei denen er es mit Kriminellen zu tun bekam. Aber ihre Familie war offensichtlich besorgt, wenn sie bereit waren, diesen Betrag zu zahlen. Er lächelte. *Ich kann sie also gleichzeitig beschützen und das Kopfgeld einheimsen.*

„Tief einatmen." Er trat vor und wartete darauf, dass sie seinen Geruch einfing, dass sie den Gefährtenbund wahrnahm.

Sie ging einen weiteren Schritt zurück. „Gib mir meinen Schmuck und ich werde vielleicht in Betracht ziehen, dich gehen zu lassen."

Er hielt inne und kniff verwirrt die Augen zusammen. *Warum erkennt sie die Verbindung nicht an?* Womöglich bändigten die Schwangerschaftshormone ihren Wolf; er konnte gerade nicht mal ein Tier in ihr erkennen. Er machte wieder einen Schritt auf sie zu. „Ich habe deinen Schmuck nicht."

„Ich meine es ernst. Hosentaschen leeren." Diesmal wich sie nicht zurück und wedelte wenig bedrohlich mit der Toilettenbürste.

Er hob die Hände, um zu zeigen, dass sie leer waren. „Oder was? Wirst du mich dann zu Tode schrubben?"

„Bitte, leg einfach alles zurück." Ihre Stimme bebte. „Ich brauche den Schmuck zum Überleben. Das Baby braucht ihn."

Ihre Verzweiflung erinnerte ihn an eine andere Frau, eine Frau, die ihn angefleht hatte, sie nicht zum Gehorsam zu zwingen, sie nicht dazu zu bringen, den Mann, den sie liebte, zu verraten. Er rang die Erinnerung nieder. Nun fragte er sich jedoch, ob sich Melody weigerte, den Gefährtenbund anzuerkennen, weil sie sich dem Vater des Babys verpflichtet fühlte. Wenn das der Fall war, brauchte er mehr Informationen, bevor er sie zu ihrer Familie brachte.

Er stoppte seinen Vormarsch. „Deine Familie hat mich geschickt."

Sie schnappte nach Luft und stolperte panisch nach hinten. „Du bist ein ... ein Kopfgeldjäger?"

„Tief einatmen." Sein Wolf lief in seinem Verstand auf und ab. Heulte. Sehnte sich danach, von ihr erkannt zu werden. „Erkennst du mich nicht?"

„Es ist mir egal, wer du bist. Verschwinde verdammt noch mal aus meiner Wohnung."

Ausgehend von ihren hektischen Atemzügen befürchtete er, dass sie jede Minute hyperventilieren würde. Dass sie ihn als Gefährten erkannte, war nicht in ihrem Ausdruck zu sehen. Wenn sie den Gefährtenbund nicht durch Geruch wahrnahm, gab es nur eine andere Möglichkeit, die er noch probieren konnte.

Zwei schnelle Schritte und er riss ihr die Toilettenbürste aus der Hand und warf sie weg. Dann zog er sie an sich, fand ihre Lippen mit seinen und saugte ihren Überraschungsschrei in sich auf. Sie schmeckte genau wie erwartet, reichhaltig mit einem Hauch von Süße, wie Schokolade, die auf seiner Zunge schmolz. Er glitt mit der Zunge über ihre Lippen, suchte Zugang, suchte nach mehr Kontakt.

Anstatt jedoch seinen Kuss zu erwidern, biss sie ihn in die Lippe. Hart. Er schmeckte Blut und zog sich überrascht zurück.

Dann schrie sie. Ein lauter, schriller, verängstigter Schrei. Mit den Händen schlug sie gegen seine Brust und versuchte, sich aus seinem Griff zu befreien. „Lass mich los! Hilfe! Hilfe!"

Fuck. Sie zu küssen, war ein großer Fehler gewesen. Sie hatte immer noch keine Ahnung von dem Gefährtenbund und dachte jetzt wahrscheinlich, er sei ein Triebtäter. „Das hätte ich nicht tun sollen. Es tut mir leid."

Noch immer schreiend unternahm sie den Versuch, ihm in die Eier zu treten. Er sah die Attacke voraus, wich aus und ihr Knie landete an seinem Oberschenkel.

„Sei ruhig." Er legte eine Hand über ihren Mund. „Die Nachbarn werden sonst die Polizei rufen."

Wieder versuchte sie, ihn zu beißen.

Er hat einen kleinen Wildfang vor sich. Er mochte Frauen, die sich nicht sofort auf den Rücken drehten und sich unterwarfen. Allerdings hatte er im Moment nicht die Möglichkeit, angemessen auf ihren Widerstand zu reagieren.

„Ich werde dich nicht verletzen", sagte er. „Ich will nur reden. Versprichst du mir, das Schreien zu lassen?"

Mit vor Wut funkelnden Augen nickte sie und er nahm langsam seine Hand von ihrem Mund.

Im nächsten Augenblick spuckte sie ihm ins Gesicht und ihre samtbraunen Augen schossen mit Blitzen auf ihn. „Wie kannst du es wagen, mich zu küssen! Weiß meine Familie, was für einen Mann sie angeheuert hat? Wenn ich Brennan davon erzähle, wirst du deines Lebens nicht mehr froh."

„Brennan?" Der Name sagte ihm nichts.

„Mein Verlobter, du Arschloch." Sie schlug erneut gegen seine Brust, noch immer entschlossen, sich zu befreien. „Der Alpha des Rudels."

Je mehr er hörte, desto weniger gefiel es ihm. Dieser Auftrag war kompliziert. Auf keinen Fall ging es hier nur um eine Familie, die sich um eine schwangere

Tochter sorgte. Melody hatte sich anscheinend mit einem Alpha gepaart. Was das bedeutete, konnte vielschichtig sein. Er stellte sie auf die Füße, trat zurück und ließ seinen Blick über ihr Schwangerschaftsbäuchlein schweifen. „Ich nehme an, das Baby gehört ihm?"

Sie erstarrte und sagte: „Das Baby gehört mir."

Er drückte seine Zunge gegen die Rückseite seiner oberen Zahnreihe und fragte sich, ob dieser Brennan überhaupt wusste, dass sie schwanger war. War das Baby seins und er wollte es zurück? Vielleicht war sie aber auch weggelaufen, weil das Baby nicht von Brennan war und sie Angst hatte, bestraft zu werden. So oder so, Ash war es egal. Sie war seine Gefährtin, und er würde sie beschützen. Scheiß auf das Kopfgeld.

„Ich kann dich beschützen", sagte er in einem ernsten Ton. „Dafür musst du mir aber sagen, was los ist."

Sie schüttelte den Kopf. „Es ist besser, wenn du so tust, als wärst du nie hier gewesen. Wenn Brennan herausfindet, dass du seine Verlobte geküsst hast, reißt er dir die Eingeweide durch den Mund raus!

Kein Scherz, ich wurde Zeuge davon. Lass mich gehen, und ich werde ihm nichts von dir erzählen."

Langsam ergab alles Sinn. *Versucht sie, mich zu beschützen?* Vielleicht war das der Grund, warum sie den Gefährtenbund nicht anerkannte.

„Vergiss es." Er lehnte sich vor und hob ihren Mantel vom Boden auf. Er hatte genug. Er würde sich später um das Kopfgeld sorgen. Zunächst verlangte es ihm danach, sie an einen sicheren Ort zu bringen, sodass sie in Ruhe reden und einen Plan schmieden konnten. „Pack deine Sachen. Du kommst mit mir. Sofort."

Ihre Augen sprangen von ihm zur Tür und wieder zurück. Sie dachte eindeutig an eine Flucht.

Er zog die Augenbrauen hoch und zuckte mit den Schultern. „Brauchst du nichts? Okay, dann lass uns gehen."

„Nein, warte!" Hilflos und frustriert ballte sie die Hände zu Fäusten. „Also gut, ich komme mit. Aber gib mir wenigstens meinen Schmuck wieder."

„Ich habe deine Sachen nicht genommen. Schau noch einmal in deiner Schublade nach."

Ihre Augenbrauen zogen sich zusammen. „Soll das heißen, dass du durch meine Sachen gewühlt hast?"

Hitze stieg seinen Hals hinauf, als er erkannte, dass sie jetzt wusste, dass er in der Schublade mit ihrer Unterwäsche gewühlt hatte. Seine menschliche Seite hatte bestritten, dass Melody seine Gefährtin war – trotz allem war er nicht in der Lage gewesen, die Neugierde seines Wolfes zu unterdrücken. Die Frau hatte Geschmack, und er hatte sich in eine Fantasie geflohen, in der er ihr die Spitzenteile von ihren hinreißenden Kurven riss.

Er schüttelte die schmutzigen Gedanken ab und sagte: „Pack einfach eine Tasche und lass uns gehen. Es gibt noch einen Kopfgeldjäger, der dir auf der Spur ist."

„Wen interessiert's?" Sie rollte mit den Augen, lief aber in ihr Schlafzimmer. „Egal, wer mich auch einfängt, mein Leben ist so oder so vorbei."

Er wusste nicht, warum sie das sagte. Im Augenblick hatten sie jedoch keine Zeit, auf dieses Thema einzugehen. Talvin konnte jederzeit auftauchen, und Ash wollte sie bei sich behalten, bis er wusste, was er in Bezug auf das Kopfgeld unternehmen sollte – und den Gefährtenbund.

4

Melody war es unglaublich peinlich, als sie den Beutel mit ihrem Schmuck in der hinteren Ecke ihrer Kommode vergraben fand – genau wie der Mann, der den Ausgang blockierte, gesagt hatte. Sie stopfte den Seidenbeutel in ihre Handtasche und warf Kleidung in ihren Koffer. Für den Moment blieb ihr keine andere Wahl, als mit dem Kopfgeldjäger zu gehen. Ein Teil von ihr hoffte, dass sich eine Gelegenheit zur Flucht bot, aber in ihrem Herz wusste sie, dass dies nicht der Fall sein würde. Brennan hatte sie gefunden. Ihre einzige Chance auf Freiheit hatte sich in Luft aufgelöst.

In dem Moment, als sie ihren Koffer zumachte, stand der Kopfgeldjäger mit ihrem Parka bereit und hielt ihn hoch, um ihr hinein zu helfen. Vielleicht wollte er den Kuss wiedergutmachen. Vielleicht wollte er auch verhindern, dass sie ihn an Brennan verpetzte. Sie hatte nicht die Absicht, dem Alpha-Arschloch irgendetwas zu erzählen, das musste der Kopfgeldjäger jedoch nicht wissen. So war es besser. Auf diese Weise stellte sie sicher, dass er sich von seiner besten Seite zeigte. Außerdem ... gefiel es ihr, umsorgt zu werden.

Er hob ihren Koffer an, als ob er nichts wiegen würde, und führte sie mit einer Hand um ihren Ellbogen zur Tür.

Als sie auf den Aufzug warteten, fiel ihr Blick auf das Design, das sich unter seiner schwarzen Carhartt-Jacke am Hals und auf seinem Handrücken zeigte. Sie konnte nicht sagen, was genau sie sah. Vielleicht Flammen und Blätter? Wie viele Tattoos fanden sich auf seinen breiten Schultern und seiner Brust? Sie hatte sich nie zu Tattoos hingezogen gefühlt, schaffte es aber nicht, den Blick abzuwenden.

„Ich heiße übrigens Ash", sagte er, als sie in den Aufzug traten und er den Knopf für das Erdgeschoss drückte.

„Ash und weiter?" Sie sollte seinen Namen kennen.

„Huntington."

Der Aufzug ruckelte zu einem Stopp, und die Tür öffnete sich, sodass sie in den Flur im Erdgeschoss treten konnten. Er legte eine Hand auf ihren Rücken und führte sie durch die gläsernen Doppeltüren nach draußen. „Huntington der Kopfgeldjäger." Eine Mischung aus Schnauben und Lachen entrang ihr und sie schüttelte seine Berührung ab. „Wie lange ruinierst du schon Menschenleben?"

Sein Mund zuckte, als würde er gerne lächeln, aber er hielt sich zurück. „Seit ich körperlich dazu in der Lage bin." Mittlerweile war die Nacht eingebrochen, und der Schnee, der von vorbeifahrenden Autos aufgewirbelt wurde, erzeugte einen Nebel aus funkelnden Eissplittern unter den Straßenlampen. Ash musterte den dünnen Parka, der sich eng über ihren Bauch legte. „Ist das deine einzige Jacke?"

„Ja." Von der anderen Seite des Gebäudes war der Karneval zu hören, als würde man sie mit unerreichbarer Freiheit verspotten. „Wohin gehen wir?"

„Ich stehe ein paar Blocks von hier." Er zog seine Jacke aus und drapierte diese um ihre Schultern.

Sie erschauerte, als sich seine Körperwärme um sie legte und sie wickelte die Jacke enger um sich. Sollte der Kopfgeldjäger doch erfrieren. *Ist mir egal.* Jedoch schien ihm die Kälte nichts auszumachen. Er trug ein Langarmshirt, die Muskeln deutlich unter dem Stoff zu sehen, seine Brustwarzen wie kleine Nadelköpfe. Immer wieder wanderten ihre Augen zu ihm und in ihrem Verstand formten sich Gedanken, die sie nicht haben sollte. Hatte er Haare auf der Brust oder war er glattrasiert? Sie selbst begriff nicht so recht, was mit ihr los war. Sex hatte sie nur mit Brennan gehabt, da sie ihm seit ihrem elften Lebensjahr versprochen gewesen war, und sein Körper hatte sie immer an einen Schafsfellteppich erinnert.

Ash hielt an. In einem Türeingang nicht weit vor ihnen entdeckte sie eine obdachlose Person in einem Schlafsack. Sie erwartete, dass Ash sie in einem großen Bogen um den Mann herumführen würde. Stattdessen lief er direkt auf den Türeingang zu.

Ihre Brust fühlte sich plötzlich enger an. Obdachlose machten ihr noch mehr Angst, als das tätowierte Kopfgeldjäger vermochten.

Ash zog eine Karte aus seiner Tasche und stupste den Mann an.

Zwei blutunterlaufene Augen starrten über den Rand des Schlafsacks. „Mir ist gerade erst warm geworden."

„Kostenloses Sandwich." Ash legte, was nach einer Stempelkarte aussah, auf den Schlafsack, und ging weiter.

„Du kannst also nett zu ihm sein, aber nicht zu mir?", fragte sie, als sie außer Hörweite waren.

„Bei ihm habe ich keine Prämie zu erwarten. Oder überhaupt etwas. Außerdem verlassen wir die Stadt und die Karte läuft in ein paar Tagen ab." Vor einem alten schwarzen Pick-up hielt er an. Ihren Koffer stellte er auf die Ladefläche. Nachdem er ihr auf den Beifahrersitz geholfen hatte, lief er zur Fahrerseite.

Ihre Augen folgten ihm. Er bewegte sich nicht wie sie es von einem muskelbepackten Mann erwarten würde, und sie fragte sich, ob er regelmäßig trainierte oder einfach nur von Natur aus fit war. Vielleicht wäre er sogar in der Lage, es mit Brennan aufzunehmen. Nicht, dass sie das erwartete, schließlich wollte er sie wie einen Pokerchip einlösen und sich dann davon machen.

Der Motor erwachte mit einem Grummeln zum Leben, und Ash drehte die Heizung voll auf, bevor er sich in den Verkehr einreihte. Melody erwartete, dass er sie zum Flughafen bringen würde. Stattdessen folgte er dem Highway, der aus der Stadt führte.

„Ähm, wohin fahren wir?", fragte sie, ihr Blick indessen auf einen enormen Stern gerichtet, der direkt über einer Bergspitze funkelte.

„Zum Birchwood-Flughafen."

Überrascht zog sie die Augenbrauen hoch. Sie war erst zwei Monate hier und wusste wenig über den Norden der Stadt, außer dass sich dort ein Militärstützpunkt befand. „Ich dachte, Anchorage hätte den einzigen Flughafen."

„Nein."

Sie wartete, dass er fortfuhr, musterte in der Zwischenzeit sein Gesicht unter dem stets wechselnden Licht der Straßenlaternen entlang des Highways. Markanter Kiefer mit den Stoppeln eines langen Tages. Dunkle Augenbrauen. Seine Nase zeigte Anzeichen auf mehrere Brüche. Wäre sie ihm in einer dunklen Gasse begegnet, hätte sie Angst. Im Moment jedoch, das musste sie zugeben, fühlte sie sich seltsam wohl in seiner Gegenwart. Das könnte daran liegen, dass er das Kopfgeld nur bekam, wenn sie unverletzt blieb.

Als ihr bewusst wurde, dass er nicht vorhatte, mehr über den Flughafen zu sagen, fragte sie: „Wie hast du mich überhaupt gefunden?"

Er zuckte mit den Schultern. „Das ist mein Job."

„Was für eine hilfreiche Antwort."

„Warum? Hast du vor, wieder wegzulaufen?"

Seine Augen zeigten eine Ernsthaftigkeit, bei der sich ihr Magen drehte. Vielleicht war es nur ihr Baby, das sich bewegte? Sie legte eine Hand auf ihren Bauch und richtete den Blick auf den Schnee, der an der Scheibe vorbeiflog. „Natürlich. Das muss dir doch klar sein."

„Dir muss doch klar sein, dass ich dich mit Leichtigkeit wieder finden würde."

Sie knirschte mit den Zähnen und kämpfte gegen Tränen an.

„Junge oder Mädchen?", fragte er.

Melody brauchte einen Moment, um zu erkennen, dass er nach dem Baby fragte. Sie zuckte mit den Schultern. „Keine Ahnung."

„Willst du es nicht wissen?"

„Natürlich will ich das. Aber Ärzte führen Akten über ihre Patienten."

Ash nickte. „Klug von dir. Kein Wunder, dass du so lange von der Bildfläche verschwinden konntest."

Das Lob wärmte sie, und obwohl er technisch gesehen der Feind war, wollte sie ihm mehr erzählen. Es war lange her, dass sie ein echtes Gespräch mit jemand anderem als sich selbst und ihrem ungeborenen Kind geführt hatte. Aber ihr Wunsch nach Diskurs wurde abgeschnitten, als er vom Highway abfuhr und herunterschaltete, da sich die Straße holprig und schneebedeckt gestaltete.

„Ätzend, ich muss wieder pinkeln."

„In ein paar Minuten."

Sie presste die Beine zusammen und musterte die Häuser, die zu beiden Seiten die Straße säumten. Bald offenbarten die Scheinwerfer Hangars und er parkte neben einer Baustellentoilette. „Hier kannst du dich erleichtern."

Sie rümpfte die Nase. „Wie weit sind wir vom Flughafen entfernt?"

„Wir sind bereits da." Er zeigte an den Hangars vorbei, wo mehrere kleine Flugzeuge zu sehen waren.

„Oh." Das Baby bewegte sich erneut, und sie entschied, dass es besser wäre, es einfach hinter sich zu bringen, anstatt zu streiten. Nachdem sie sich auf einem eiskalten Toilettensitz den Arsch abgefroren hatte, kletterte sie zurück in den Pick-up und freute sich über die Heizung, die es vermochte, sie aufzuwärmen. Sofort griff sie nach ihrer Handtasche, um nach dem Desinfektionsmittel zu kramen.

„Gib mir eine Minute." Er ließ den Motor laufen, öffnete seine Tür, stieg aus und machte sich auf den Weg zur Toilette.

Melody warf einen Blick auf das Lenkrad. Es wäre kein Problem, auf der Bank hinter das Steuer zu rutschen und schnell abzuhauen. Ihr Koffer war hinten, ihr Schmuck in ihrer Handtasche. Sie hatte noch nie ein Schaltgetriebe gefahren, aber wie schwer konnte das schon sein? Ihre Hand schwebte über ihrem Sicherheitsgurt, jeder Muskel in ihrem Körper angespannt.

Schließlich ballte sie die rechte Hand zu einer Faust und ließ sie wieder auf ihren Schoß fallen. Selbst wenn sie es geschafft hätte, zu fliehen, ohne das Auto abzuwürgen, würde es nicht lange dauern, bis er sie erneut einfing. *Und wenn nicht er, dann jemand anderes.*

Seufzend sackte sie gegen den Sitz zurück und zwang sich, den Blick vom Lenkrad zu nehmen. So sehr sie es auch hasste, es zuzugeben, sie war es leid, zu rennen. Sie hatte es satt, in Angst zu leben und ständig über ihre Schulter schauen zu müssen. Wäre es so schlimm, zu Brennan zurückzukehren? Ihn zu heiraten und ihr Erbe zu bekommen? Ein braves kleines Frauchen zu sein, das seine Kinder gebar?

Ihr entrang ein Schluchzer.

Die Tür öffnete sich. Ash kletterte wieder hinein und schenkte ihr einen zufriedenen Blick.

Ihr ging ein Licht auf. „Das war ein Test, oder?" Finster sah sie ihn an und bedauerte nun, dass sie nicht geflohen war. „Arschloch."

Er reagierte nicht auf ihre Beleidigung, fuhr lediglich los, bevor er nur wenige Meter weiter neben einem winzigen blau-weißen Flugzeug anhielt. „Auf geht's."

Skeptisch betrachtete sie das Flugzeug, als sie aus dem Pick-up stieg. „Das ist unser Flugzeug?" Direkt aus einem Cartoon schien es geflogen zu sein – mit nur zwei Türen und einem kleinen Propeller. „Ich bin mir ziemlich sicher, dass es dort drin kein Badezimmer gibt, und diese schwangere Lady hält nicht länger als eine Stunde aus, ohne diese Einrichtung zu nutzen."

Er gluckste und schob ihren Koffer in den Bereich hinter den beiden Sitzen. „Der Flug wird nur vierzig Minuten dauern. Na komm."

Sie stieg in das Flugzeug und festigte ihren Gurt. Sie würden nach Idaho ewig brauchen, wenn er alle vierzig Minuten landen müsste. Beschweren würde sie sich aber nicht. Je öfter sie eine Pause einlegten, umso mehr Chancen ergaben sich für eine Flucht.

Er startete das Flugzeug. Der Motor ertönte ohrenbetäubend laut. Schnell setzte sie sich den Kopfhörer über ihrer Mütze auf und dämpfte so das Geräusch. Als er sie zur Startbahn rollte, fragte sie: „Wie lange werden wir brauchen, um nach Idaho zu gelangen?"

Es knisterte, als sie seine Stimme durch die Ohrenschützer hörte. Sie war sich ziemlich sicher, dass er gesagt hatte: „Wir fliegen nicht nach Idaho."

Sie hoben vom Boden ab. Kurzzeitig wurde ihr schwindelig, aber nicht aus Angst. Wenn er sie nicht zu Brennan brachte, wo wollte er dann mit ihr hin?

5

Bisher war Ash davon ausgegangen, dass Melody den Gefährtenbund wegen ihrer Verstrickung mit dem Rudelalpha leugnete, aber bei der Art und Weise, wie sie sich in die Ecke der Cessna kauerte, befürchtete er, dass sie diese öffnen und in den Tod springen würde. *Sie spürt unseren Bund wirklich nicht.*

Der Drang, seine Alpha-Stimme zu benutzen, um sich ihr Vertrauen zu erzwingen, war stark ausgeprägt, und er kämpfte dagegen an. Auf keinen Fall wollte er sie so sehr verängstigen, dass sie etwas Dummes tat – vor allem nicht, solange sie sich tausend Meter über dem Boden befanden.

Er packte das Steuerhorn mit beiden Händen und hielt seine Stimme ruhig, aber entschlossen. „Wir sind auf dem Weg zu meiner Hütte. Von dort sehen wir weiter. Du musst keine Angst haben."

„Das Prob – lem ist nicht – lösbar." Ihre Stimme brach über das Mikrofon immer wieder ab, als sie den Kopf schüttelte. „Lösegeld – mehr Geld – Brennan reißt dir den Kopf ab."

„Brennan wird mir nicht den Kopf abreißen." Ash machte sich keine Sorgen. Im Gefängnis hatte er gelernt, sich gegen Kerle wie Brennan zu behaupten. „Du benutzt weiterhin den Namen dieses Kerls als Schild, aber ich bin mir ziemlich sicher, dass er derjenige ist, vor dem du zu fliehen versuchst."

„Ich verstecke mich hinter niemandem", zischte sie. „Kämpfe gegen ihn, wenn du willst. Ich warne dich nur, dass sich der Kerl nicht an Regeln der Moral hält."

Sein Blick wanderte zu ihren Händen, die sich über ihren Bauch legten, und Wut schwoll in seiner Brust an, als ihm ein schrecklicher Gedanke kam. „Hat er dich vergewaltigt?"

Ihr ganzer Körper erstarrte und sie atmete zittrig aus, bevor sie antwortete: „Nicht, dass es dich etwas angeht, aber ... nein. Nicht direkt." Sie schluckte schwer und senkte den Blick auf ihren Schoß. „Großvater meinte, er sei mein Gefährte. Ich dachte ... Mir wurde gesagt, dass es ... mein Job sei, ihn zufriedenzustellen."

Ash drückte seine Zunge gegen die Rückseite seiner Zähne und packte das Steuerhorn hart genug, sodass seine Knöchel schmerzten. Er würde diesen Brennan aufspüren, ihm seine Eier abreißen und sie anschließend ihrem Großvater in die Kehle stopfen. „Niemand außer deinem Wolf kann dir sagen, wen das Schicksal für dich auserkoren hat."

Sie lachte und sie klang nahe einem Zusammenbruch. „Ich habe keinen Wolf."

Ash drückte die Schultern durch. „Du denkst, dass du keinen ..." Er saugte ihren femininen Duft ein und suchte nach etwas, was da sein sollte – doch er fand nichts. Sie hatte Recht; es gab keinen Wolf. Ohne zu blinzeln, starrte er sie an. Alle vorhergehenden Ereignisse ergaben plötzlich Sinn. „Du bist immer noch ein Mensch?"

Sie verschränkte die Arme vor der Brust. „Was bist du eigentlich für ein Kopfgeldjäger? Du weißt nicht mal, was du jagst."

Ashs Blick kehrte zur Windschutzscheibe zurück und er dachte über alles nach, was er gerade gelernt hatte. Sie war in ein Rudel hineingeboren worden, also hatte er angenommen, dass sie ihr Seelentier während der Pubertät bekommen hatte, so wie das bei den meisten Wandlern der Fall war. Zudem hatte er gedacht, dass er ihren Wolf nicht wahrnehmen konnte, weil die Schwangerschaft das Tier unterdrückte – auch das war bei Wandlern üblich. „Jetzt ergibt deine Ablehnung Sinn."

„Wovon redest du?" Ihr Gesicht sah im dunklen Licht des Armaturenbretts blass aus.

Jetzt, da er wusste, warum sie ihn nicht erkannt hatte, konnte er es ihr einfach sagen. „Wir sind Gefährten."

„Wir sind was?" Mit offenem Mund und weit aufgerissenen Augen starrte sie ihn an.

„Ich bin dein vom Schicksal bestimmter Gefährte, Melody."

„Das bist du ganz sicher nicht." Sie funkelte ihn an. „Du bist wahnsinnig. Gefährten existieren nicht."

„Natürlich tun sie das. Sie sind selten, aber sie existieren." Nachdem er das Flugzeug auf Autopilot gesetzt hatte, lehnte er sich zu ihr und neigte seinen Kopf, um seine Kehle zu offenbaren. „Rieche an mir. Da ich es dir erzählt habe, ist es möglich, dass dein Wolf mich nun erkennt."

Sie rümpfte die Nase und lehnte sich zurück. „Geh weg."

Ash seufzte und versuchte, sich von dieser neuen unerwarteten Entwicklung nicht frustrieren zu lassen. Es musste einen Weg geben, sie zu überzeugen. „So wie mein Rudel benutzt sicher auch deins den Geruch. Probiere es wenigstens."

Schnaufend funkelte sie ihn weiter wütend an. Nach einer Weile rollte sie mit den Augen und gab nach. Sie streckte ihren Hals und nahm mit der Nase seinen Duft auf. „Nein." Sie zuckte mit den Schultern und lehnte sich wieder gegen ihren Sitz. „Nur dein Aftershave. Ich sagte doch, ich habe keine Wölfin in mir."

„Sie ist da. Du hast sie nur noch nicht kennengelernt."

„Selbst wenn ich ein Tier bekomme, wird es schwach sein. Fehlerhaft."

Er zog sich aus ihrem Komfortbereich zurück. „Warum sagst du das?"

„Moms Wolf ist ein Omega."

Kein Wunder, dass Melody Probleme zu haben schien. Er wusste, dass es in einigen Rudeln normal war, Omegas als Boxsäcke oder sogar wie Sklaven zu behandeln. Sein Rudel hatte seit seiner Kindheit kein Omega mehr gehabt, aber er erinnerte sich daran, wie freundlich seine Eltern immer zu dem sanftmütigen alten Wandler gewesen waren.

„Omegas sind nicht fehlerhaft", sagte er. „Und ich bezweifle ohnehin, dass du einer wirst. Dafür bist du zu frech und ungezähmt." Er zwinkerte ihr zu und hoffte damit, ihre Stimmung aufzuhellen.

Sie reagierte mit einem erneuten Stirnrunzeln und wandte sich dann ab, um aus dem Fenster zu schauen. Nach ein paar Minuten der Stille sagte sie: „Großvaters Linie hat seit Generationen die Alphas unseres Rudels hervorgebracht, und mein Vater war der Letzte in der Linie. Großvater hat immer gehofft, dass sich Dad eine weitere Frau nehmen und einen würdigen Erben zeugen würde. Dad war dagegen, obwohl Großvater darauf bestand, dass er mit meiner Mutter niemals einen Alpha zeugen würde." Für eine Minute schwieg sie und starrte lediglich auf die schneebedeckten Berge unter ihnen. Als sie wieder das Wort erhob, konnte er die Emotionen in ihrer Stimme hören. „Dad starb, als ich elf war. Ich hatte meinen Wolf noch nicht, und als ich siebzehn wurde und immer noch kein Tier hatte, sagte Großvater, ich sei defekt und übergab die Führung an Brennan."

Ash hob die Augenbrauen. „Er konnte nicht warten? Einige Wandler finden ihre Tiere erst weit in ihren Zwanzigern."

Sie zuckte mit den Schultern. „Großvater hatte einen Schlaganfall, und ein paar Rudelmitglieder versuchten, ihn zu stürzen. Alle Vermögenswerte des Rudels sind in Großvaters Namen, und ich bin sein einziger Erbe. Anstatt sich also den Herausforderern einzeln zu stellen, entschied er sich, für mich eine Mitgift zu organisieren – einen Treuhandfonds, an den ich erst komme, wenn ich den Alpha heirate. Die ganze Sache hat er als Wettbewerb gestaltet, um einen Nachfolger für sich zu finden, der dann alles bekam."

„Einschließlich seiner Enkelin." Ash hatte von diesen arrangierten Ehen gehört. Jedes Mal wurde ihm bei dem Gedanken schlecht. „Wenn das passiert ist, als du siebzehn warst, warum bist du dann noch nicht verheiratet?"

„Ich habe Zeit, bis ich dreißig werde – noch zwei Jahre. Dann muss ich ihn heiraten. Das war die eine Sache, die Mom für mich herausholen konnte, sodass ich die Chance habe, mein Tier zu bekommen, das schließlich auch ein Alpha sein und so die Position rechtmäßig beanspruchen könnte." Sie umarmte sich selbst und ließ die Schultern sacken. „Brennan hat sie dafür bestraft. Er hat ihr den Arm gebrochen."

Ein Pluspunkt für Mom. Er pfiff leise. „Das hat Mumm erfordert. Normalerweise erheben Omegas nicht das Wort gegen andere, schon gar nicht gegen einen Alpha."

„Na ja, wenn ich jemals einen Wolf bekomme, wird er zwangsläufig ein Omega sein. In dem Fall, dass wir Gefährten sind, würdest du mich dann ganz sicher nicht wollen." Sie schnaubte. „Genauso gut kannst du mich jetzt ausliefern und dir die Prämie holen, denn mein Rudel wird mich über kurz oder lang finden. Auf die eine oder andere Weise werde ich mit Brennan enden."

Das Gerede von dem Kopfgeld erinnerte ihn an seine Schulden, aber er konnte nicht erlauben, dass dieses Problem den Moment mit Melody ruinierte. Er konnte sehen, wie sie gegen Tränen kämpfte, und sehnte sich danach, sie in die Arme zu ziehen, um ihr zu versichern, dass er sie beschützen würde. Stattdessen packte er das Steuerhorn fester. Nachdem er den Kuss so versaut hatte, wusste er es besser, als sie ohne ihre Erlaubnis zu berühren. „Wenn das Baby auf die Welt gekommen ist, können wir den Gletscher besuchen. Dort wirst du deine Wölfin ganz sicher finden. Manchmal braucht das Wandler-Gen einen Schubs, um aktiv zu werden."

Mit weit aufgerissenen Augen drehte sie sich zu ihm. „Meinst du die Quelle? Ich dachte, das wäre genauso ein Mythos wie die Sache mit den Gefährten."

„Es ist echt. Alles." Sie trafen auf Turbulenzen und er flog etwas höher. „Ich war noch nie dort, aber ich kenne Leute, die die Magie aus erster Hand erlebt haben."

Sie drehte sich und lehnte sich ihm hoffnungsvoll entgegen. „Können wir sofort zur Quelle gehen?"

Er schüttelte den Kopf. „Nein. Es ist gefährlich, wenn eine Mutter während der Schwangerschaft von der Quelle trinkt. Es könnte sowohl dir als auch deinem Baby schaden."

„Oh."

Er zeigte aus dem Fenster auf ein blassgrünes Band, das am Sternenhimmel flackerte. „Sieh nur. Ein Versprechen von den Tierseelen. Du wirst deinen Wolf bekommen."

Sie blickte zu dem tanzenden Licht. „Was, wenn mein Tier schwach ist? Oder wenn sich herausstellt, dass ich doch keins habe?"

„Du könntest mit einem Maulwurf enden und es wäre mir egal. Aber mein Wolf besteht darauf, dass du einen Wolf bekommst, und er irrt sich nie."

Ein zögerliches Lächeln zierte Melodys Lippen, das Erste, seit er ihr begegnet war. Der Anblick wärmte seine Seele. Sie leckte sich über die Lippen und entspannte sich auf ihrem Sitz. „Erzähl mir von dieser Hütte, zu der du mich bringen willst."

„Sie gehört meiner Familie." Ash war seit seiner Entlassung aus dem Gefängnis nicht mehr dort gewesen und musste zugeben, dass er sowohl aufgeregt als auch nervös war. Er prüfte sein GPS.

Sie waren fast am Ufer des Sees, der direkt an das Gebiet seines Rudels grenzte. „Die Hütte ist ein wenig rustikal, aber liegt abseits der beliebten Pfade. Niemand wird dort nach dir suchen."

Melody seufzte. „Du unterschätzt Brennan. Irgendwann wird er mich finden. Meine Familie will das Baby. Großvater möchte, dass sein Vermächtnis weitergeht."

„Weder das Baby noch dich werde ich ihnen überlassen. Ich werde euch beschützen."

Argwöhnisch betrachtete sie ihn. „Das Baby ist nicht mal deins. Warum kümmert es dich, wer es hat?"

„Das Kind kann nichts für seinen Erzeuger. Wenn du mich lässt, dann möchte ich der Vater des Babys sein." Er ignorierte die Bedenken, die trotz seiner Entschlossenheit an ihm nagten. Seit einer Weile lebte er nun schon in seinem Pick-up oder buchte sich ein Hotelzimmer, wenn er sich nach einer Dusche sehnte. Für seine Gefährtin und sein Kind wäre das nicht akzeptabel. Und jetzt, wo er sie nicht ausliefern wollte, würde er das erhoffte Geld nicht bekommen. Sein Rudel könnte alles verlieren – einschließlich der Hütte, zu der er sie jetzt bringen wollte.

„Ich werde ... darüber nachdenken", sagte Melody.

Er hoffte, dass er gerade einen vertrauensvollen Ton in ihrer Antwort vernommen hatte. Und er hoffte, dass er ihr Vertrauen verdiente.

6

Melody packte den Griff über dem Fenster, als Ash das Flugzeug auf einen gefrorenen See zusteuerte. Innerhalb weniger Minuten kamen sie in Kontakt mit der eisigen Oberfläche und rutschten an einer klapprigen, schneebedeckten Anlegestelle zu einem Stopp. Die dunklen Spitzen der Fichten bildeten eine Palisade entlang des Ufers, beleuchtet von den grünen Auroras am Himmel.

„Warte hier. Ich werde das Schneemobil für dich holen." Ash löste den Gurt, stieg aus dem Flugzeug und schloss schnell die Tür, sodass die Wärme im Flugzeug blieb. Er lief um den stillen Propeller und zog sich dabei sein Oberteil aus.

Sie hatte viele Male miterlebt, wie sich Rudelmitglieder für eine Verwandlung ausgezogen hatten – noch nie hatte sie jedoch einen so attraktiven und durchtrainierten Mann wie Ash gesehen. Mondlicht ließ seine nackte Brust in Silber erstrahlen und bahnte sich einen Weg über seinen breiten Rücken. Die dunklen Tattoos auf seinen Armen, der Brust und den Schulterblättern schienen ein Eigenleben zu führen. Dann entfernte er seine Hose und sie sog scharf den Atem ein, als er ihr seinen Hintern wie ein visuelles Festmahl präsentierte.

Er warf seine Kleidung über den Propeller des Flugzeugs. In dem Moment hob er den Blick zu ihrem und schenkte ihr ein wissendes Grinsen. Sie klappte den Mund zu und hoffte, dass er den Sabber an ihrem Mundwinkel nicht sehen konnte, oder die Hitze, die ihre Wangen füllte. Seit Jahren hatte sie es sich nicht erlaubt, einen schönen Mann wertzuschätzen, nicht einmal im Fernseher. Brennan wurde wütend, wenn sie auch nur einen flüchtigen Blick auf andere Männer erhaschte.

Dann ergaben Ashs Worte plötzlich Sinn. *Brennan ist nicht mein Gefährte.* Ash jedoch schien dies zu sein –

wenn seine Behauptung stimmte. In dem Fall wäre es ihr gutes Recht, ihn anzusehen.

Sie hob ihren Blick und fand Ash eingehüllt in einen silbernen Funkenschauer. Graues Fell zeigte sich auf seinen Schultern und bildete eine dicke Krause um seinen Hals, bevor es sich über seine Brust ausbreitete. Sein Gesicht verlängerte sich zu einer Schnauze mit leuchtenden gelben Augen. Dann fiel er auf alle viere, legte den Kopf in den Nacken und entließ ein Heulen.

Der Klang seines Wolfes ließ sie erschauern – ein Lustschauer, mit dem sie nicht gerechnet hatte. Langsam atmete sie aus. Ihr war plötzlich so warm. Vielleicht hatte er bezüglich des Gefährtenbundes wirklich die Wahrheit gesagt.

Der graue Wolf starrte sie an, bevor er sich umdrehte und das schneebedeckte Ufer hinaufsprang, um sogleich zwischen den dunklen Bäumen zu verschwinden.

Minutenlang saß sie atemlos im Flugzeug, umgeben von der Stille der Nacht, ihre Hände zwischen ihren Schenkeln eingeklemmt. Nach der ereignisreichen Zeit sickerten das Adrenalin und die Angst aus ihr heraus, und sie beobachtete die dünnen grünen

Bänder der Aurora am Himmel. *Niemand außer deinem Wolf kann dir sagen, wen das Schicksal für dich auserkoren hat.* Ashs Worte spielten sich in Dauerschleife in ihrem Verstand ab. Normalerweise fühlte sie sich wie gelähmt, wenn sie über ihr Seelentier nachdachte. Heute jedoch fühlte sie sich ... angestachelt. Als hätte eine statische Ladung in ihr nur darauf gewartet, freigelassen zu werden.

Könnte Ash mit allem Recht haben?

Sie kannte ihn kaum, aber das Gespräch beim Flug löste in ihr den Drang aus, ihm vertrauen zu wollen. Sie war in dem Glauben aufgewachsen, dass wahre Gefährten ein Märchen waren. Dass ihr Wolf, wenn sie ihn jemals bekäme, für das Rudel eine Belastung darstellen würde. Indessen bot ihr Ash die Träume, die sie nach dem Tod ihres Vaters aufgegeben hatte, auf einem Silbertablett an. Ihr eigener Wolf, einen Gefährten, eine Familie. Auch, dass er sich um ihr Kind kümmern wollte, hatte aufrichtig geklungen.

Die mitfühlende Art, in der Ash mit ihr sprach, ließ ein Gefühl in ihr erblühen, das sie lange nicht erfahren hatte – Hoffnung.

„Ich weiß rein gar nichts über ihn", sagte sie laut – Worte, die sich als warmer Nebel in der Kälte zeigten. Sie konnte nicht glauben, dass sie mitten im Nirgendwo saß und darüber nachdachte, den Rest ihres Lebens mit einem Fremden zu verbringen.

Sie versuchte, sich den rauen, tätowierten Kopfgeldjäger mit einem Baby auf dem Arm vorzustellen, und konnte es nicht. Dass er sie intim berührte? Ja, das konnte sie sich vorstellen. Dreckige Windeln wechseln? Nicht wirklich. Bliebe sie bei ihm, würde er dann eigene Kinder mit ihr wollen? Sowohl Angst als auch Verlangen trugen bei dem Gedanken einen Kampf in ihr aus.

Die Kälte trat in ihre Knochen vor und machte sie nervös. Wie viel Zeit war vergangen – wohin war Ash verschwunden? Sie holte ihr Handy heraus. Seit dem Verlassen ihrer Wohnung hatte sie nicht wieder auf die Uhr geschaut, aber sie vermutete, dass er bereits eine Stunde weg war.

Sie lehnte sich gegen den Sitz und musterte die frostigen Fenster. Szenarien formten sich in ihrem Verstand, in denen sie stets erfror. In Alaska verschwanden ständig Leute und wenn Ash etwas zustieß, hätte sie wirklich ein Problem. Sie schaute noch einmal auf ihr Handy. Kein Empfang.

Schwer schluckend presste sie ihr Handy gegen ihre Brust. Sie könnte aussteigen und versuchen, einen Ort mit Empfang zu finden. Wenn ihre Verzweiflung zunahm, würde sie das tun. Das Blut rauschte in ihren Ohren, als sie am Armaturenbrett nach dem Funk suchte, mit dem sie ein Signal senden könnte. Die Anzahl an Schaltern und Knöpfen war überwältigend und sie hatte Angst, etwas zu berühren.

Dann sah sie es. Licht, das auf den Frost der Windschutzscheibe strahlte. Eine Sekunde später trat der herannahende Beweis eines Schneemobils an ihren Ohren. Mit einem Handschuh wischte sie über die Scheibe, hauchte dagegen, um ein Sichtfeld zu kreieren, und erhaschte den Blick auf sich bewegende Lichtpunkte. Im nächsten Moment tauchte eine Maschine aus den Bäumen auf, die sogleich auf das Eis segelte und neben dem Flugzeug zu einem Halt kam.

Ash riss die Tür auf und grinste sie an. Erleichterung schwappte durch sie, und sie hatte den starken Drang, sich ihm in die Arme zu werfen. Sie würde also nicht allein hier draußen auf dem Eis sterben.

Er trug einen orangefarbenen Parka und eine Jeans, eine schwarze Skimütze hatte er tief in sein Gesicht gezogen. „Tut mir leid, dass ich so lange gebraucht habe. Ich musste den Weg zur Tür freischaufeln. Kann's losgehen?"

Vielleicht verlor sie den Verstand, vielleicht lag es an der Macht des Gefährtenbundes, aber ... sie lächelte und nahm seine Hand, sodass er ihr aus dem Flugzeug helfen konnte.

Er führte sie zum Schneemobil. „Leider habe ich keinen Zweisitzer. Du musst es dir zwischen meinen Beinen bequem machen. Ich werde nochmal herfahren und deine Tasche holen."

Sie hatte noch nie auf so einer Maschine gesessen. Unbeholfen setzte sie sich rittlings auf den Sitz, bevor er hinter ihr Platz nahm. Er presste sich an ihren Rücken, seine Arme reichten an ihr vorbei und legten sich um die Griffe. Dasselbe kribbelnde Gefühl, das sie erlebt hatte, als sein Wolf geheult hatte, erhob sich in ihr und breitete sich über ihre Arme und Beine aus, bis es ihre Mitte erreichte.

Er gab Gas und sie packte den Tankdeckel vor sich. Es fühlte sich an, als hätte sie ihren Magen zurückgelassen. Dankbar für die beständige Wand aus Muskeln hinter ihr kniff sie die Augen gegen die kalte Luft zusammen und beobachtete die vorbeirasenden Bäume, als sie der Spur folgten, die er auf dem Weg zu ihr hinterlassen hatte.

Die Fahrt dauerte etwa fünfzehn Minuten. Ohne ihn hätte sie die Hütte wahrscheinlich nicht gesehen. Fast bis zum Dachvorsprung war sie in Schnee begraben, mit mindestens einem Meter auf dem Dach. Über den Schneehaufen entdeckte sie warme gelbe Lichtkegel und ein freigemachter Pfad führte unter einen Portikus. Ash folgte dem Pfad und hielt vor der Eingangstür an, wo das Verandalicht die Schneewände zu beiden Seiten beleuchtete, sodass sie das Gefühl hatte, in eine Höhle eingedrungen zu sein. Auf der schweren Holztür war eine charmante Szene eingeschnitzt, die zwei Wölfe auf einem Hügel darstellte.

Ash ließ den Motor laufen, half ihr vom Schneemobil und eskortierte sie zur Tür und in einen kleinen Vorraum. „Wärm dich auf. Ich bin gleich mit deinem Koffer zurück."

Sie drehte sich um, wollte sich bei ihm bedanken, wurde jedoch von der schweren Tür unterbrochen, die ins Schloss knallte. Sie lauschte dem Schneemobil, das sich von der Hütte entfernte. Wieder allein zog sie ihre Fäustlinge aus und steckte sie in ihre Taschen. Ihre Finger waren steif vor Kälte, alles an ihr zitterte, und sie hoffte, dass diese Hütte nicht zu urig war und eine Dusche hatte.

Die Tür zum Inneren des Hauses war zu, und der Bereich, in dem sie gerade stand, roch nach Lagerfeuer und nassem Fell. Ihr Magen knurrte, hatte sie doch ihr Sesamhuhn niemals essen können. Gott, sie hoffte wirklich, dass es hier Essen gab.

Sie ignorierte die Garderobenhaken an der lackierten Holzwand und öffnete die Innentür. Eine Rauchwand traf auf sie, sodass sie hustete und instinktiv einen Schritt zurück trat. Ihre Augen brannten, als sie versuchte, den Ursprung ausfindig zu machen. Der erstickende Gelbschleier war zu dicht.

Sie zog sich zur Außentür zurück, während sich der Rauch auch im Vorraum ausbreitete. Brannte die Hütte? Was sollte sie tun?

Sie wusste nur, dass sie nicht hier bleiben konnte.

Sie eilte zurück in die Kälte, bewältigte den verschneiten Weg und brachte etwas Abstand zwischen sich und das Gebäude. Sie hatte gehört, wie Hütten wie diese aufgrund von Propantanks oder anderen Brennstoffen explodierten.

Ihr rechter Fuß sank tief in den Schnee, und sie landete mit bloßen Händen auf dem Boden. Der kristallisierte Schnee fühlte sich rau unter ihren Handflächen an und sie schaffte es, sich aufzurichten. Immer noch bis zu ihrer Hüfte im Schnee versunken, entschied sie, wieder ihre Handschuhe anzuziehen. Sie erschauerte, als das Eis unter dem Saum ihres Mantels und am Schaft ihrer Stiefel zu schmelzen begann.

Als die Handschuhe wieder an ihren Händen waren, legte sie diese an ihren Mund und schrie aus vollem Hals: „Ash!"

Das entfernte Summen eines Schneemobils gab ihr wenig Hoffnung, dass er sie gehört hatte. Sie richtete den Blick auf den Sternenhimmel und schlang ihre Arme um sich. Letztes Mal war er eine Stunde weg gewesen. Sie betete, dass Ash zurückkehrte, bevor sie erfror.

7

A sh sicherte Melodys Koffer auf der Rückseite des Schneemobils, packte dann die kompakte Schaufel und legte damit die Ösen an der Anlegestelle frei. Er musste das Flugzeug festbinden, um zu verhindern, dass der Wind es über das Eis wehte. Als er schaufelte, dachte er voller Dankbarkeit an seine Schwester, die anscheinend dafür gesorgt hatte, dass der Generator genug Treibstoff hatte, um alles vor dem Einfrieren zu schützen. Die zusätzliche Wärme vom Holzofen sollte Melody einen kuschligen und gemütlichen Ort zum Entspannen bieten.

Er konnte nicht anders, als sich vorzustellen, wie sie sich nackt auf dem Bärenfellteppich ausbreitete und er mit seinen Händen ihre üppigen Kurven erkundete. Als sie sich auf dem Schneemobil mit dem Rücken an ihn geschmiegt hatte, war sein Wolf vor Lust verrückt geworden. Seit Stunden hatte er mit einem Ständer zu kämpfen und musste sich immer wieder daran erinnern, dass sie seine Gefühle noch nicht erwiderte. Ein kleiner Teil von ihm befürchtete, dass sie das nie tun würde. Es klang, als wäre ihre sexuelle Erfahrung mit Brennan weniger als angenehm gewesen. Es war nur natürlich, dass sie zögerlich reagierte. Er musste behutsam vorgehen, sich Zeit mit ihr nehmen und Geduld beweisen. Und selbst wenn sie ihn niemals akzeptierte, war er entschlossen, sie zu beschützen.

Nachdem er das Flugzeug fixiert hatte, machte er sich auf den Weg zur Hütte und genoss dabei die frische Luft und den klaren Himmel über ihm. Er war zu lange nicht an diesem Ort gewesen und wieder im Revier seines Rudels zu sein, fühlte sich gut an. Jedoch machte er sich auch Sorgen. Die Zwangsvollstreckung stand kurz bevor. Melodys Kopfgeld hätte auf einen Schlag alle seine Probleme gelöst. Jetzt müsste er mehrere kleine Jobs annehmen und sich damit begnügen, die übliche monatliche Zahlung zu leisten.

Als er sich dem trüben Licht der Hütte näherte, entdeckte er eine Figur, die beide Arme über den Kopf gehoben hatte und ihm hektisch zuwinkte. Sein Herzschlag beschleunigte sich. „Melody?"

Dann bemerkte er die offene Tür zum Vorraum ... und den Rauch, der unter dem Portikus herausquoll. Er betätigte den Gashebel und raste durch den Pulverschnee, um sie so schnell wie möglich zu erreichen.

Ein Feuer hier draußen wäre eine Katastrophe. Es gab keine Feuerwache – verdammt, mitten im Winter konnte er auch keinen Gartenschlauch verwenden. Die Hütte würde in wenigen Stunden in Rauch aufgehen. Das Blut raste durch seine Venen. Neben Melody hielt er an. Ihre Lippen waren blau und sie steckte bis zur Hüfte im Schnee. Es war offensichtlich, dass sie mehrmals versucht hatte, der Falle zu entkommen.

„Ist mit dir alles okay?" Er griff nach unten, um sie auf das Schneemobil zu ziehen. „Was ist passiert?"

„Ich habe die Tür ins Innere geöffnet und sah überall Rauch." Ihre Stimme klang kratzig und ein wenig traumatisiert. „Flammen habe ich keine gesehen, aber ich wollte nicht riskieren, hineinzugehen."

Seine Aufmerksamkeit schoss zu dem schneebedeckten Dach, und er erkannte seinen Fehler. „Scheiße. Das Ofenrohr muss verstopft sein." Normalerweise hielt die Hitze vom Herd das Rohr offen, jedoch hatte den ganzen Winter keiner die Hütte bewohnt. Er schlang seine Arme um Melody und zog sie an seine Brust. „Es war genau richtig, dass du ins Freie gekommen bist. Gib mir eine Minute. Ich muss den Kamin freimachen."

Er parkte das Schneemobil seitlich am Haus und stellte sich neben Melody auf den Sitz. Von dort zog er sich auf das Dach und kämpfte sich einen Weg durch den Schnee zu dem Schornstein. Der graue Schnee um die Entlüftung herum hatte bereits begonnen, von der aufsteigenden Hitze zu schmelzen, sodass ein wenig Rauch entweichen konnte. Er machte sich also daran, mit beiden Händen die Öffnung freizulegen.

Rauch erhob sich, flog auf die Sterne zu, und er wich mit brennenden Augen zurück. Es würde Stunden, wenn nicht sogar Tage dauern, bis sie die Hütte wieder betreten konnten. Er senkte sich auf das Schneemobil und entschuldigte sich bei Melody für die Pulverkaskade, die er mit sich getragen hatte.

„Können wir jetzt reingehen?“, fragte sie mit klappernden Zähnen.

„Für eine Weile wird der Rauch zu dicht sein, um zu atmen. Meine Schwester wohnt nur einen Kilometer von hier. Wir werden heute bei ihr übernachten.“ Carmen war wahrscheinlich sauer auf ihn, weil er nach seiner Entlassung nicht sofort nachhause gekommen war. Seinen Wolf würde es nicht stören, die Nacht draußen zu verbringen, aber er glaubte nicht, dass seine Schwester Melody ein Bett zum Schlafen ausschlagen würde.

Obwohl Ash hinter ihr saß und seine muskulösen Oberschenkel an ihre Hüften presste, schaffte sie es nicht, die Kälte abzuschütteln. Tief in ihre Knochen war sie vorgedrungen und erschwerte ihr das Atmen. Bei der drückenden Dunkelheit würde sie sich am liebsten im Schnee zusammenrollen und schlafen.

„Wie lange hast du hier draußen gewartet?", fragte er über den geräuschvollen Motor, als sie sich von der Hütte entfernten.

„S-Seit du gegangen bist." Sie lehnte sich zurück an seine Brust. Selbst mit seinen Armen um ihren Körper, sodass er das Gefährt steuern konnte, war es ihr nicht möglich, das Zittern zu zähmen.

„Scheiße.“ Er gab Gas und manövrierte an den Bäumen vorbei.

Sie war froh, dass er sie zwischen seinen Armen und Beinen hielt, denn sie bezweifelte, dass sie sich alleine aufrechthalten könnte. Nach einer halben Ewigkeit kamen sie neben einer anderen Hütte zum Halt.

Ash machte den Motor aus und stieg ab. Melodys Muskeln wollten sich nicht bewegen, und so musste er ihr helfen.

In dem Moment öffnete sich die Tür der Hütte und die Stimme eines Kindes rief: „Hallo?“

Ein kleines Mädchen mit zwei dunklen Zöpfen und grauen Augen blickte sie an. Ash fragte: „Roxie?“

„Mom!“ Brüllte das Mädchen und schlug die Tür zu.

Melody sah zu Ash. Das klang nicht gut. Musste sie wieder auf das Schneemobil steigen. „Werden sie uns reinlassen?“

„Mach dir keine Sorgen.“ Ohne zu klopfen, betrat Ash die Hütte und führte sie zu der Bank im Eingangsbereich.

Trotz der Wärme, die von der Bank in ihre Beine sickerte, blieb die Kälte standhaft. Sie schaffte es nicht mal, sich ihre Fäustlinge auszuziehen, während Ash sich vor ihr hinhockte und ihr die Stiefel von den Füßen entfernte.

„Ich kann meine Zehen nicht fühlen", sagte sie. „Glaubst du, ich habe Erfrierungen?"

„Ich glaube nicht, aber du bist auf jeden Fall unterkühlt." Er half ihr aus ihren Fäustlingen. „Wir werden dich gleich aufwärmen."

Eine Frauenstimme ertönte hinter ihm. „Ash? Oh, mein Gott, Ash!"

Jemand presste sich gegen seinen Rücken und Arme schlangen sich um seine Taille, was sein Gleichgewicht testete. Es hätte nicht viel gefehlt und er wäre auf Melody gefallen, da er gerade versuchte, ihr den Parka auszuziehen.

Ohne sich umzudrehen, tätschelte er den Unterarm der Frau. „Heize deine Sauna vor. Ich muss sie so schnell wie möglich aufwärmen."

Eine erwachsene Version des kleinen Mädchens sah um ihn herum. „Wer ist das? Was ist passiert?"

Melody versuchte, sie anzulächeln, aber Ash schubste die Frau weg. „Das ist eine lange Geschichte. Ich erkläre es dir später. Geh jetzt."

„Ist ja gut." Die Frau verschwand, als Ash Melody von ihrer Jacke befreite.

Melody stellte sich auf wackelige Beine und schaffte es nicht einmal, einen Schritt zu machen, bevor sie auf die Bank zurückfiel. Zuvor war ihr nicht bewusst gewesen, wie sehr Kälte einen Menschen lähmen konnte. Ihre Hand ging zu ihrem Bauch. „Das Baby ist doch okay, oder?"

„Bestimmt. Einen wärmeren Ort gibt es für dein Baby gerade nicht." Ash nahm sie in die Arme und trug sie vom Vorraum ins Haus.

Im Inneren saßen zwei ältere Kinder mit Buntstiften und Papier auf dem Boden vor einem Kaffeetisch, während das kleine Mädchen von der Tür neben dem Sofa stand und mit achtsamen Augen die Szene beobachtete.

Der Junge fragte: „Onkel Ash? Du bist wieder da!"

„Hi, Rory." Ash nickte ihm zu, als er vorbeimarschierte. „Wir können uns später unterhalten, okay?"

In der holzgesäumten Sauna schob er ein paar Spielzeugautos beiseite und legte Melody auf die Bank. Er roch so gut und fühlte sich so warm an, dass sie sich zwingen musste, seinen Hals loszulassen.

Die Frau – sie nahm an, dass es seine Schwester war – folgte ihm mit dem Arm voller Holzscheite. „Entschuldigt das Chaos. Die Kinder wärmen sich hier nach dem Schlittenfahren auf."

Die Holzbank fühlte sich heiß an ihren eisigen Händen an. „Aua! Die Bank ist zu heiß."

„Nein, das ist sie nicht." Ash packte ein Handtuch aus einem nahegelegenen Regal und legte es unter sie. „Du bist nur besonders empfindlich, weil deine Körpertemperatur gerade zu niedrig ist. Schon bald wird dir wieder warm sein."

Er zog ihr die Socken aus und sie betrachtete ihre Füße. Im Licht der einzelnen Glühbirne sah ihre Haut aschgrau aus und die Zehennägel waren ein wenig blau. Sofort testete sie, ob sie ihre Zehen bewegen konnte. Funktionierte. Sie entließ erleichtert den Atem.

Die Frau schob das Holz in den Ofen und augenblicklich erwachten glühende Flammen zum Leben. „Achte auf die Temperatur."

„Ich weiß", knurrte er, als er einen von Melodys Füßen zwischen die Handflächen nahm. Die Wärme seiner Berührung fühlte sich erstaunlich an.

„Beiß mir nicht den Kopf ab." Sie warf ihm einen vorwurfsvollen Blick zu, schloss den Ofen und ging zum Ausgang. „Ich wollte nur sichergehen, dass du weißt, dass eine Sauna für eine Schwangere gefährlich werden kann. Ich werde Tee kochen."

Ash wartete, bis sie die Tür zu machte und zog sich dann seine Jacke aus. Melodys Augen weiteten sich. Darunter war er nackt und aus der Nähe wirkten seine Muskeln noch beeindruckender. Seine Tattoos bewegten sich wie schwarze Flammen über seine Schultern und seine Brust. Sie konnte ihre Finger nicht kontrollieren, die einen eigenen Willen zu entwickeln schienen und ein Design nachzeichneten.

Er erstarrte. „Wenn du mich so berührst, kannst du mich nicht dafür verantwortlich machen, was ich als Nächstes tue."

Sie riss den Blick von seinem Körper und fand seine Augen, zwei dunkle Tiefen voller Verlangen.

Mit ihren Fingern noch immer auf seiner Haut schluckte sie schwer. Was lief nur falsch mit ihr? War es die Hitze? Dieser Mann hatte sie entführt und nun starrte sie ihn an wie ein Stück Fleisch. Dennoch konnte sie nicht leugnen, was zwischen ihnen passierte, dass sich Begierde in ihrer Mitte formte. Eine Begierde, die sie bisher so noch nicht kannte. Es war Monate her, seit sie auch nur ein Händeschütteln mit einer anderen Person erlebt hatte, und Ash konnte sie wahrscheinlich Dinge fühlen lassen, die sie sich nie hätte vorstellen können. *Er behauptet, mein Schicksalsgefährte zu sein. Ist es so falsch, ihn zu wollen?*

Schließlich war sie eine ledige Frau. Es stand ihr frei, zu wählen, mit wem sie zusammen sein wollte – zumindest bis Brennan sie einfing. Dieser Moment, dieser Augenblick könnte ihrer und ihrer allein sein. Der Gedanke, Ashs Hände auf ihr zu spüren, trieb ihr bereits wild klopfendes Herz in einen Rausch.

Sie leckte sich über die Lippen und sah ihm direkt in die Augen. „Ich will dich."

Der Hunger in seinen Augen brannte heißer, das goldene Leuchten, das auf die Anwesenheit seines Wolfes hinwies, entzündete sich wie ein Streichholz.

Er schüttelte den Kopf. „Gerade kannst du nicht klar denken."

Sie nahm seine Hände, legte sie auf ihre Hüften und führte sie unter den Saum ihres T-Shirts. Seine Handflächen erhitzten die nackte Haut an ihrer Taille. „Ich habe gehört, dass das einzige Heilmittel für Unterkühlung Hautkontakt ist."

Er stöhnte, als sie ihre Arme hob und ihn damit einlud, ihr das T-Shirt über den Kopf zu ziehen. Sein Zögern hielt weniger als einen Herzschlag an, bevor er ihr das Kleidungsstück vom Körper riss. Seine Augen blieben an ihren Brüsten kleben, umhüllt von einem weißen Spitzen-BH. Seit der Schwangerschaft hatten ihre Brüste zwei Körbchengrößen zugelegt. Bisher hatte ihr das Geld gefehlt, um in neue Unterwäsche zu investieren.

„Gott, du bist sexy." Seine Worte kamen als tiefes Knurren heraus.

Er lehnte sich vor und küsste ihre Haut direkt über dem linken Körbchen. Sein Atem wehte heiß gegen ihre kalte Haut, und sie sog scharf den Atem ein, als sie fühlte, wie sich ihre Nippel aufrichteten. Dann griff er hinter sie und öffnete den Verschluss ihres BHs. Er schob die Träger von ihren Schultern und lehnte sich vor, um einen Nippel zwischen die Lippen zu saugen.

Sie erschauerte, als er sie leckend und saugend zu einem kribbelnden Knäuel aus Vergnügen verwandelte. Ihre Hände erkundeten die hinreißenden Ebenen seiner Schultern und Arme. Seine Haut war nahezu haarlos und doch rauer als ihre eigene. Sie erreichte seinen Nacken, wo sie die Finger in seine Haare schob.

Er spielte mit ihren Brüsten, bis sie schwer atmete. Dann drückte er sie auf die Bank und suchte mit seinen Händen nach ihrem Reißverschluss. Ihre Jeans teilte sich, während sich seine Zunge einen Pfad über ihren Bauch bis zu ihrem Spitzenhöschen bahnte.

„Du riechst so verdammt gut." Er knurrte, ein Geräusch, das jede Zelle in ihrem Körper aufhorchen ließ.

Sie hob ihr Becken und er zog ihr die Jeans aus. Sie konnte nicht glauben, dass sie das tat. Schwanger, auf der Flucht und im Begriff, sich einem Mann hinzugeben, der sie an den Arsch der Welt gebracht hatte. Aber er war so verdammt heiß. Sie wollte nicht aufhören.

Er warf die Hose beiseite, senkte den Kopf und kratzte mit den Zähnen über ihr Spitzenhöschen, knabberte an ihr.

Elektrisierende Empfindungen schossen durch ihre Mitte. „Oh Gott."

Keuchend schloss sie die Augen und ließ ihren Kopf zurückfallen. Sie hätte sich nie vorstellen können, etwas so sehr zu wollen, wie sie gerade seine Berührungen wollte. Zu fühlen, wie er jeden Zentimeter ihres Körpers erkundete.

Er zog ihr Höschen über ihre Hüfte, seine Handflächen brannten heiße Pfade über die Außenseite ihrer Oberschenkel. Dann massierte er ihre Waden, ihre Schenkel. Als sich die Hand dem Bereich zwischen ihren Beinen näherte, wölbte sie sich ihm erwartungsvoll entgegen.

„Das fühlt sich so gut an", flüsterte sie.

Der Lust folgte Enttäuschung, als seine Berührung ihre Pussy umging und er stattdessen mit den Händen sanft über ihre Hüften zu ihrem Bauch und ihren Brüsten glitt. Ein Knie fand sich zwischen ihren Beinen ein und er spreizte ihre Schenkel, während sich seine großen Handflächen wie Magie auf ihrer Haut anfühlten. Sie öffnete die Augen und sah, wie er sich über die Lippen leckte.

„Küss mich", forderte sie.

Und das tat er. Ash lehnte sich vor und fand ihren Mund mit seinem. Seine Zunge strich über ihre Lippen, öffnete sie wie eine Blume und schob sich in sie, lud sie zu einem leidenschaftlichen Tanz ein, der sie atemlos machte.

Von seinen Haaren glitten ihre Hände zu seinem Rücken und drückten ihn dann an sich. So sehr sehnte sie sich danach, sein Gewicht auf ihr zu spüren. Sie rotierte ihre Hüfte, rieb ihre Klitoris wimmernd an seinem Oberschenkel.

Er knabberte an ihrer Unterlippe, schmiegte sich an sie. „Siehst du, wie gut wir zusammenpassen?"

Sie nickte atemlos und wusste, dass sie mit ihrer Vagina anstatt mit ihrem Kopf dachte. Aber ihr Körper brannte, und es gab nur einen Weg, das Feuer in ihr zu löschen.

Er küsste sich entlang ihres Kiefers, hinter ihrem Ohr und saugte sanft an ihrem Hals. Die Stoppeln an seinem Gesicht heizten sie zusätzlich an, als er zu ihrer Schulter wanderte.

Etwas in ihr veränderte sich. Brennans Gesicht erschien vor ihrem inneren Auge, als sich Ashs Mund dem Gefährtenbiss näherte, den ihr der Alpha in der Kurve von Hals zu Schulter gegeben hatte. Brennan hatte gesagt, dass der Biss sie für andere Wandler tabu machte.

Ash stoppte bei der Narbe und ein leises Knurren war zu vernehmen.

Sie erstarrte. „Brennan –"

„Sag nicht seinen Namen", unterbrach Ash sie und knabberte sanft an der Markierung.

Für einen kurzen Moment dachte sie, er könnte seinen Anspruch über den des Alphas erheben. Stattdessen fuhr er küssend über ihre Schulter fort, quer über ihre Brust, wobei er beide Hügel mit den Lippen und seiner Zunge verwöhnte.

Sie keuchte, ihre Atemzüge außer Kontrolle, hin- und hergerissen zwischen Verwirrung und Vergnügen, als seine Hände anbetungsvoll und besänftigend über ihre Seiten wanderten. Dieses Mal ignorierte er ihre Pussy nicht. An ihrem Venushügel hielt er inne, sein Atem wehte über ihre Schamlippen, bevor er sie mit der Zunge teilte. Ihre Hände legten sich an seinen Hinterkopf und drängten ihn näher zu sich.

Sie brauchte ihn, musste ihn in sich spüren, sehnte sich danach, dass er die Erinnerungen vergangener Attacken auf ihren Körper auslöschte. „Beanspruche mich für dich."

Träge umkreiste er ihre Klitoris und ihr gesamter Körper bebte vor Lust. Langsam, aber sicher fand er zu einem Rhythmus. Sie rieb sich an ihm, ließ ihre Hüfte rotieren, die Erlösung in Reichweite. Er neckte sie mit seiner heißen Zunge und schob seine Finger zwischen ihre Beine, gefolgt von einem harten Stoß in ihre Enge, der sie nach Luft schnappen ließ.

Ihr eigener Nektar bedeckte ihre Schenkelinnenseiten und sein Finger betörte ihre Öffnung, bevor er erneut in sie glitt. Er strich über die Wände ihres Geschlechts und schnellte gleichzeitig mit der Zunge über ihr Nervenbündel. Er erhöhte den Druck, änderte den Rhythmus, bis sie sich wie ein Instrument fühlte, an dem sich ein

Genie zu schaffen machte. Als er einen zweiten Finger hinzufügte, explodierte sie. Ihr eigener Schrei erfüllte ihre Ohren, als die Wände ihres Geschlechts ekstatisch pulsierten.

Erst als sie sich begleitet von einem zufriedenen Seufzer entspannte, zog er seine Finger aus ihr heraus. Sie öffnete ihre Augen und sah, wie er seine Finger sauber leckte. Seine Augen glühten und zeigten den Wolf in seinem Inneren. Er trug immer noch seine Jeans, aber die Beule in seinem Schritt war ein deutlicher Hinweis auf seine Erregung.

Sie sah zu ihm auf, immer noch ein wenig benebelt von der leidenschaftlichen Erfahrung. „Warum bist du nicht nackt?"

Er grinste und schüttelte den Kopf, legte sich hinter ihr auf die Bank und presste seine Vorderseite gegen ihren Rücken. „Unser erstes Mal soll etwas Besonderes sein und nicht ein Quickie in der Sauna meiner Schwester."

Die Realität schwappte über sie hinweg und sie starrte auf die geschlossene Saunatür. Im Hintergrund spielte der Titelsong von Spongebob, wahrscheinlich um ihr Stöhnen zu übertönen. „Oh Gott. Deine Schwester. Ihre Kinder –"

„Mach dir keine Sorgen um sie."

„Sag mir nicht, dass ich mir keine Sorgen machen soll." Sie setzte sich auf, zog sich von ihm zurück und suchte nach ihren Klamotten. Sie zuckte zusammen, als sie die Spielzeuge in der Ecke der Bank entdeckte. Auch die Kinder benutzten diese Sauna. Was musste Ashs Schwester von ihr halten? Sie schloss die Augen und spürte, wie sich Schamesröte auf ihrem ganzen Körper ausbreitete. „Was wird sie von mir denken?"

„Sie wird es verstehen. Ist dir jetzt warm?"

„Ich denke, du kennst die Antwort." Melody entdeckte ihren BH und griff danach. Der Gedanke, das einengende Teil wieder anzuziehen, missfiel ihr.

Sie drehte sich zu Ash, der nun auf der Bank saß und sie mit einem hungrigen Blick beobachtete. Dann reichte er ihr ihr Spitzenhöschen. Ihre Augen jedoch landeten auf seinem Schritt, die Beule seiner Erektion so präsent, dass die Hose drohte zu bersten. Wie groß war er? Gott, sie wollte es so verzweifelt herausfinden.

Er wedelte mit dem Höschen. „Ich werde mich nie beruhigen, wenn du mich so ansiehst. Zieh dich an, damit wir die Neugier meiner Schwester stillen können."

Sie errötete bei ihren eigenen anzüglichen Gedanken, riss ihm das Höschen aus der Hand und zog sich an. Indessen fragte sie sich, wie sie nach dieser Sache seiner Schwester gegenübertreten sollte.

9

A sh zeigte Melody das Badezimmer und nahm sich ein T-Shirt von Carmens Freund, bevor er ins vordere Zimmer ging. Die Lautstärke des Fernsehers war ohrenbetäubend. Die Kinder saßen auf dem Boden und ihre Augen klebten auf dem Bildschirm. Seine Schwester hatte es sich auf dem Schaukelstuhl bequem gemacht und stach eine Nadel in ihr Stickprojekt.

Als sie ihn entdeckte, warf sie ihm einen strengen Blick zu und ging in die Küche. Offensichtlich wollte sie, dass er ihr folgte.

Er schluckte und wappnete sich für die Belehrung, die er nun vor sich hatte.

Ein Topf mit Karibu-Eintopf sprudelte auf dem Herd und sein Magen knurrte. Carmen war eine tolle Köchin, und der Duft brachte Erinnerungen an vergangene Jahre zurück. Wie lange war es her, dass er eine hausgemachte Mahlzeit genossen hatte? Bevor er nach einem Teller fragen konnte, richtete seine Schwester den Blick auf ihn und ihre grauen Augen funkelten. „Konntest du dich nicht mal zusammenreißen, bis ihr allein seid? Ich habe leicht beeinflussbare Kinder hier."

Er runzelte die Stirn. „Als würdet Robin und du nicht ..."

„Lass den Namen dieses Arsches da raus. Seit über einem Jahr ist er nicht mehr hier – aber woher sollst du das auch wissen?"

Scheiße. Er hatte einiges aufzuholen. Andererseits zog seine Schwester immer wieder Verlierer an, also sollte er nicht überrascht sein. „Ich wollte nicht –"

„Was machst du überhaupt hier? Geh zu Dads Hütte. Ich habe sie für dich in Ordnung gehalten."

„Das habe ich gesehen. Danke", sagte er. „Aber ich habe den Schornstein nicht freigemacht, bevor ich den Ofen angemacht habe, also muss der Ort erst ein bisschen lüften."

Sie stieß einen Seufzer der Abscheu aus. „Muss ich denn wirklich alles für dich machen?"

Ash seufzte, drückte seine Zunge an seine Zähne und weigerte sich, sich ködern zu lassen. Er konnte ihr nicht vorwerfen, dass sie sauer auf ihn war. Er hatte die Alpha-Macht geerbt, obwohl sie es hätte sein sollen. Mehr als einmal hatte er deutlich gemacht, dass er für diese Verantwortung nicht taugte.

Mit einer Hand fuhr er durch seine Haare und bemühte sich um Aufrichtigkeit. „Es tut mir leid, Carmen. Ich bin wirklich dankbar dafür, dass du dich um die Hütte kümmerst, und ich werde einen Weg finden, mich zu revanchieren. Aber bitte sei nett zu Melody, okay? Schon morgen werden wir verschwinden."

„Das musst du mir eh erklären." Sie wies mit dem Daumen zum Badezimmer, aus dem fließendes Wasser zu hören war. „Seit weniger als einem Jahr bist du aus dem Gefängnis und du hast bereits eine dahergelaufene Frau geschwängert?"

„Hör auf." Als ein tiefes Knurren kamen ihm die Worte über die Lippen, das nah an einen Alpha-Befehl grenzte.

Carmen fletschte ihre Zähne und er spürte, wie ihr Wolf an die Oberfläche stieg. Sein eigener Wolf erhob sich, bereit für eine kleine Rauferei, aber dann wandte sich ihre Aufmerksamkeit dem Wohnzimmer zu.

Er drehte sich um und fand eine zögerliche Melody auf der Türschwelle zur Küche vor. Er lächelte ermutigend und streckte eine Hand nach ihr aus. „Hey. Komm, ich möchte dir meine Schwester vorstellen. Carmen, das ist ...“ Er zögerte, unsicher, wie Melody reagieren würde. *Scheiß drauf.* Die Wahrheit konnte nicht geleugnet werden. Er ging zu ihr. „Das ist meine Gefährtin Melody.“

Melody biss sich auf die Lippe, sagte aber nichts.

Carmens dunkle Augenbrauen schossen überrascht nach oben. „Ist das ein Scherz?“ Sie ließ den Blick über die beiden schweifen und ihre Schultern sackten. „Fuck. Natürlich hast du deine Gefährtin gefunden. Du bekommst einfach alles.“

Melody schüttelte den Kopf. „Ich möchte dir keine Umstände bereiten. Ich habe ihn nicht darum gebeten, herzukommen.“

Carmen warf Ash einen elenden Blick zu, als sie einen Holzhocker an der Frühstücksbar herauszog und darauf deutete, sodass sich Melody hinsetzte. „Süße, nichts davon ist deine Schuld. Setz dich. Lass mich dir einen Tee machen."

Melody sah zu Ash und nahm einen Schritt nach vorn, setzte sich aber nicht. „Nur um das klarzustellen: das Baby ist nicht Ashs."

„Du musst meinen Bruder nicht vor mir verteidigen." Carmen stellte eine Tasse auf die Theke und begann, einen Teller mit Spagetti und Eintopf zu füllen. „So oder so weiß ich, dass er ein Arschloch ist."

Ash ignorierte den Seitenhieb und führte Melody zum Hocker, als Carmen Knoblauchbrot in den Toaster schob.

Sein Magen knurrte. „Du hast einen Gaumenschmaus zu erwarten, Melody. Carmen ist die beste Köchin im Rudel."

Melody schüttelte den Kopf, ihr Gesicht ein wenig grün. „Ich sollte nicht. Nur Tee, bitte."

„Unsinn", antwortete Carmen. „Du isst für zwei, und du hast eine traumatische Erfahrung hinter dir. Schließlich bist du jetzt an meinen Bruder gebunden." Sie lachte über ihren eigenen Witz, und sogar Ash grinste. „Du brauchst etwas Komfort. Diese Mahlzeit ist dafür perfekt."

Der Geruch von buttrigem Knoblauchbrot erfüllte die Küche und Ash drückte Melodys Schulter. „Probiere es wenigstens. Wenn du es nicht willst, werde ich es essen."

„Halt dich zurück, Mister." Carmen legte ein großes Stück Brot auf den Teller und stellte ihn vor Melody ab.

Melody lächelte höflich, griff nach dem Brot und knabberte an einer Ecke. Ihre Augen leuchteten auf. Sogleich nahm sie einen größeren Bissen und kaute hungrig.

„Siehst du? Ich hab es ja gesagt", meinte Ash und schnappte sich das zweite Stück Brot aus dem Toaster, während Carmen einen weiteren Teller vorbereitete. *Gott segne sie.* „Danke, Carmen."

„Wow, das ist so köstlich", sagte Melody mit vollem Mund. „In letzter Zeit habe ich es nicht geschafft, etwas anderes als Sesamhuhn herunterzubekommen. Danke."

„Gern geschehen." Carmen lehnte sich gegen die Kücheninsel. „Gefährten also? Wie habt ihr euch gefunden?"

Melody zuckte mit den Schultern. „Ich habe ihn dabei erwischt, wie er durch meine Unterwäsche wühlte."

Es dauerte einen Moment, bis Ash reagierte, dann breitete sich die Hitze von seinem Hals in sein Gesicht aus und er rang um Worte.

Carmen brach in Lachen aus und reichte Ash einen beladenen Teller. „Fantastisch. Ja, das klingt nach ihm."

Ash wandte sich seinem Essen zu, drehte Spagetti auf seine Gabel und schob sie in seinen Mund, froh darüber, etwas zu tun zu haben, bei dem nicht erwartet wurde, dass er sprach. „Ich habe nach Hinweisen gesucht, okay?"

„Er ist in meine Wohnung eingebrochen." Melody leckte Butter von ihren Fingern.

„Ash!" Carmen schnappte nach Luft. „Du wirst wieder im Gefängnis landen, wenn du nicht aufpasst."

Melody hielt inne, die Gabel auf halbem Weg zu ihrem Mund. „Du warst im Gefängnis?"

Ashs Magen drehte sich. Melody musste über seine Vergangenheit Bescheid wissen, aber dies war nicht gerade der beste Moment, seine dunkelsten Geheimnisse zu enthüllen. Carmen jedoch würde ihn so lange reizen, bis er sich geschlagen gab.

Seine Schwester stemmte die Hände in die Hüften. „Das hat er noch nicht erwähnt, oder? Mein Bruder ist ein Mörder."

Ash sah sie finster an. „Es war kein Mord, sondern fahrlässige Tötung. Das ist ein Unterschied."

„Sag das dem toten Mädchen."

Melodys Gesicht war wieder grün, und sie sah aus, als würde sie gleich aus der Tür rennen. Sie schluckte schwer, als müsste sie alles geben, um das Essen unten zu behalten. „Du hast jemanden getötet?"

Er fühlte sich in die Ecke gedrängt und trat zurück, bis er mit der Hüfte gegen die Kante der Arbeitsfläche stieß. Mehr ging nicht und so verschränkte er zusätzlich die Arme vor der Brust. Diesen schrecklichen Tag würde er niemals vergessen. Aber Reue konnte lähmend sein, und er versuchte, nicht darüber nachzudenken. *Irgendwann musst du es Melody erzählen.*

Er schluckte und senkte den Blick auf das abgewetzte Linoleum. „Ich war auf der Suche nach einem Kerl, der die Kaution hat verfallen lassen. Seine Ex-Freundin konnte ich in einem Hotel aufspüren. Ich habe versucht, sie mit meinem Alpha-Ton dazu zu bringen, mir zu verraten, wo er ist." Er holte tief Luft und erinnerte sich an ihre verängstigten grün-braunen Augen in den Sekunden, bevor sie sich zum Fenster drehte. „Wie es schien, hatte sie mehr Angst vor ihm als vor mir. Sie sprang aus einem Fenster im vierzigsten Stock, anstatt mir zu verraten, wo der Arsch ist."

„Oh!" Melody sog scharf den Atem ein.

Er hob den Kopf und sah, wie sie ihren Mund mit beiden Händen bedeckte. Der Schrecken in ihren Augen spiegelte seine eigenen Gefühle wider, und er fuhr schnell fort, um die Geschichte zu Ende zu bringen. „Ich habe acht Jahre dafür bekommen und musste ihrer Familie neunzigtausend Dollar zahlen."

„*Wir* mussten ihre Familie bezahlen", stellte Carmen richtig. „Das Rudel. Wir hatten bereits eine Hypothek für sein Jurastudium laufen. Nach dieser Sache mussten wir für einen Anwalt und die Entschädigung an ihre Familie eine neue aufnehmen."

Er sah seine Schwester schweigend an, sein Kiefer knirschte. Es gab nichts zu sagen. Sie hatte Recht. Jedes bisschen ihrer Wut war gerechtfertigt.

Carmen schlug ihm gegen den Arm, hart genug, dass er zusammenzuckte. „Und dann macht er sich nicht mal die Mühe, herzukommen und uns zu besuchen, obwohl er schon vor Monaten aus dem Gefängnis entlassen wurde. Was für ein Alpha."

„Ich bin nicht euer Alpha", knurrte er. „Ich weiß nicht, wie oft ich das noch sagen muss." Niemals wieder würde er diese Macht in sich einsetzen – nicht nach dem, was er damit angerichtet hatte.

Sie schnaubte. „Du triffst in dem Fall nicht die Entscheidung. Das Rudel entscheidet. Sie wollen dich."

„Warum zum Teufel bestehen sie darauf, dass ich der Alpha bin? Du könntest sie viel besser führen als ich."

„Ich führe sie ja bereits, aber ich habe nicht die Alpha-Macht. Ständig gehen sie sich an die Gurgel, und wenn sie miteinander auskommen, ist es wie eine Studentenverbindungsparty, die aus den Fugen geraten ist. Yates verhält sich wieder seltsam, jagt Leute von seinem Grundstück. Von der Familie

Sinclaire habe ich nichts mehr gehört, seit sie vor sechs Monaten ins Angelcamp gefahren sind. Und einige Mitglieder des Quentin-Rudels hocken in der heruntergekommenen Hütte an der Bachkurve. Ich schaffe es nicht, sie zu vertreiben."

Ashs Nackenhaare stellten sich bei der Erwähnung von Quentins Rudel auf. Seit Generationen übertreten sie regelmäßig die westliche Grenze des Reviers. Sie standen in dem Fall bereit, das Grundstück an sich zu reißen, sobald Ash bei den Zahlungen der Hypothek in Rückstand geriet. *Wäre das so schlimm?* Er rieb sich über den Nacken. „Vielleicht sollten wir ihm das Grundstück einfach verkaufen. Lasst ihn alles einverleiben, inklusive des Rudels."

„Wie kannst du das nur sagen?" Carmen schlug ihn erneut, diesmal härter. „Mom und Dad drehen sich in ihren Gräbern herum. Wir brauchen dich, Ash. Auch wenn du ein Blödmann bist."

„Du weißt, was passiert, wenn ich versuche, meine Alpha-Kraft einzusetzen. Ich kann mein eigenes Leben kaum regeln. Wie soll ich das also für andere übernehmen?"

„Na ja, blöd für dich. Du hast jetzt eine Gefährtin und ein Kind auf dem Weg. Sie brauchen ein Rudel, und du auch."

Bei dieser Erkenntnis gefror sein Blut zu Eis. Er sah zu Melody.

Ihre Wangen waren gerötet, die Augen weit aufgerissen. Was ging ihr durch den Kopf? Zur Hölle, was hatte er sich nur dabei gedacht? Er konnte sich nicht um eine Gefährtin kümmern, nicht so, wie sie es verdient hätte. Er hatte seine Hormone gewinnen, hatte die Instinkte seines Wolfes seine Entscheidungen treffen lassen.

Ob er nun den Gefährtenbund offiziell machte oder nicht, auf keinen Fall würde er sie diesem Arschloch Brennan übergeben. Nicht mal, wenn das Kopfgeld jedes einzelne Problem seines Rudels lösen könnte. Was sollte er also mit ihr machen?

„Ich brauche frische Luft." Er drückte sich von der Kücheninsel weg und marschierte zum Ausgang. Beim Laufen entledigte er sich seiner Hose. Seinen Wolf rauszulassen, würde ihm helfen, seine Gedanken zu ordnen.

10

Melody starrte auf die Stelle, auf der Ash gerade noch gestanden hatte. Eine Sekunde später fiel die Tür lautstark ins Schloss. „Wo will er hin?"

„Frag mich", seufzte Carmen. „Er ist ein Arschloch."

Trotz Melodys Schock erhob sich in ihr der Beschützerinstinkt – ähnlich dem Gefühl, das sie nach der Bestätigung ihrer Schwangerschaft empfunden hatte. Sie war nicht glücklich, dass Ash einfach aus dem Haus gestürmt war und sie hier zurückgelassen hatte, aber sie glaubte auch nicht, dass er den Zorn seiner Schwester verdiente. *Gefährten sollen doch füreinander einstehen, oder?*

Stirnrunzelnd drehte sie sich zu Carmen. „Nenn ihn nicht so. Seine Bedenken bezüglich seiner Position als Alpha sind berechtigt."

Carmen blickte finster drein und schüttelte den Kopf. „Das Rudel zerbricht ohne ihn. Er muss sich zusammenreißen und endlich aktiv werden."

„Ich verstehe, dass du wütend bist, jedoch ist es offensichtlich, wie schuldig sich Ash für den Tod des Mädchens fühlt." Sie schluckte schwer. Es war ihr unangenehm, andere Menschen zu belehren, aber … „Hast du dir vielleicht mal überlegt, dass es deine Vorwürfe und Bemerkungen noch schlimmer machen?"

Carmen errötete und senkte den Blick auf ihre Hände. „Verdammt, du klingst wie meine Mutter." Sie seufzte, holte eine Tasse aus dem Schrank und schenkte sich Tee ein. „Ich bin nur so wütend auf ihn, weil er uns im Stich gelassen hat."

Froh darüber, dass Carmen ihre Worte nicht falsch verstanden hatte, nickte Melody verständnisvoll.

„Lass uns das Thema wechseln." Carmen setzte sich auf den Hocker neben Melody. „Sag mir, warum Ash in deiner Wohnung war."

Melody nahm ihre Gabel und spielte mit den Nudeln auf ihrem Teller. So viele Wochen hatte sie damit verbracht, ihre Geheimnisse für sich zu behalten, weil sie immer Angst hatte, dass sie jemand an ihr Rudel verraten könnte. Nun darüber zu sprechen, fühlte sich merkwürdig an. Aber Carmen hörte aufmerksam zu, und bevor Melody es merkte, sprudelte die Geschichte aus ihr heraus.

Als sie zu dem Teil mit dem Erbe kam, brach ihre Stimme. „Großvater interessiert es nur, die Alpha-Linie in unserer Familie fortzusetzen, also zwingt er mich, Brennan zu heiraten." Melody knirschte mit den Zähnen und hielt den Schauer zurück, der sich in ihrem Körper ausbreiten wollte. „Keinen Wolf zu haben, hat mich bisher davor bewahrt, vor den Altar zu treten."

Carmen nickte nachdenklich. „Scheiße, ich denke, mein Seelentier wäre auch nicht herausgekommen, wenn es dann mit einem Mann endet, der wie der Alpha deines Rudels ist."

Melody horchte auf. Könnte Carmen Recht haben? War ihr Wolf so schwach? Andererseits konnte sie ihrem Wolf das wirklich nicht zum Vorwurf machen. Schließlich erinnerte sich Melody sehr wohl an Brennans Berührungen und Handlungen.

Seinen Geruch. Seinen verächtlichen Blick, als er sie anwies, sich auszuziehen. „Was auch immer passieren mag, auf keinen Fall darf er von dem Baby erfahren."

„Das verstehe ich sehr gut. Ich habe selbst drei kleine Hosenscheißer, die ich gerne von ihren Vätern fernhalten würde. Der Unterschied ist, dass es eine Zeit gab, in der ich die Arschlöcher mal gemocht habe. Dieses Vergnügen ist dir leider verwehrt geblieben." Carmen stand auf und füllte ihre Tassen wieder auf. „Wenigstens kann dich niemand von deinem Gefährten trennen, jetzt, da du ihn gefunden hast."

Melody wickelte ihre Finger um die heiße Tasse und hielt sie länger, als es angenehm war. „Denkst du wirklich, dass Ash mein vom Schicksal ausgewählter Gefährte ist? Er würde mich nicht anlügen?"

Ein fassungsloser Ausdruck zeigte sich auf Carmens Gesicht. „Was meinst du damit? Weißt du es nicht?"

„Ich habe keinen Wolf, erinnerst du dich?" Melody atmete tief ein, als sie versuchte, Tränen zurückzuhalten. Sie wusste nicht, ob es sich dabei um Tränen der Angst oder der Erleichterung handelte.

Es war ein langer Tag gewesen. Noch länger musste sie schon mit Angst leben. Der Gedanke, endlich sicher zu sein, nicht mehr ständig über die Schulter blicken zu müssen, war überwältigend.

Carmen holte eine Packung Taschentücher. „Lass alles raus, Süße. Es wird alles gut, das verspreche ich dir." Sanft rieb sie Melody über den Rücken. „Ich mache es Ash nicht leicht – schließlich ist er mein Bruder –, aber eigentlich ist er wirklich ein guter Kerl. Wenn er sagt, dass du seine Gefährtin bist, solltest du ihm glauben."

„Mein ganzes Leben wurde ich zu Sachen gezwungen, die ich nicht tun wollte. Ich wurde angelogen und hintergangen." Melody sah auf ihren Teller hinunter, ihre Augen brannten mit unvergossenen Tränen. „Es fällt mir schwer, zu glauben, dass es jemand aufrichtig mit mir meint."

Etwas zerrte an ihrer Bluse. Sie senkte den Blick und fand eine Mini-Version von Carmen, die zu ihr aufblickte. Das kleine Mädchen konnte nicht älter als drei Jahre sein. Ihre dunklen Haare trug sie in zwei geflochtenen Zöpfen und an ihrem Kinn hatte sie einen Fleck, der von einem lila Filzstift zu kommen schien. Sie kuschelte ihre Wange an

Melodys Schenkel und tätschelte ihre Hüfte. „Nicht weinen. Alles bald gut."

Melody wischte sich die Nässe von ihren Wangen und legte eine Hand auf den Kopf des Mädchens. „Vielen Dank, Kleine."

„Komm schon, Rebel. Es ist Zeit fürs Bett." Carmen hob das Kind auf ihre Hüfte. „Lass uns ein Nachthemd für Tante Melody raussuchen." Sie zwinkerte Melody zu, bevor sie sich mit dem Kind entfernte.

Tante Melody. Was für eine seltsame Vorstellung. Als Einzelkind hatte sie nie über Nichten und Neffen nachgedacht. *Wenn ich Ash heirate, wird Carmen zu meiner Schwester.*

Sie lächelte vor sich hin. Sie mochte Carmen. Es gefiel ihr, eine Frau zum Reden zu haben, die offensichtlich genauso stark war wie alle Männer um sie herum – auch ohne ein Alpha zu sein. Das Gespräch hatte sich so ganz anders angefühlt, als sie es von ihrer Mutter gewohnt war, die Themen ständig auswich. Nicht mal ihre Freunde in der Schule waren vertrauenswürdig gewesen; in einer Minute hatten sie Melody einbezogen, in der nächsten unterdrückt.

Die Uhr am Herd zeigte sieben Uhr, als Melody den letzten Bissen ihres Eintopfs aß. Ihr Magen fühlte sich überraschend gut an. Wenn sie bei Ash blieb, müsste sie Carmen dazu bringen, ihr beizubringen, wie man dieses Rezept zubereitete.

Mit der Frage, wie lange Ash draußen bleiben würde, wusch sie ihr Geschirr ab und kehrte in das Wohnzimmer zurück. Der Couchtisch war beiseite geschoben worden, und das Sofa hatte sich nun in ein Bett verwandelt. Ein zusammengelegtes Nachthemd lag bereits auf den dicken Decken. Aus dem Haus hörte sie, dass Carmen versuchte, die Kinder ins Bett zu bringen, die aber am Schlafengehen keinerlei Interesse hatten. Sie bestanden darauf, auf Onkel Ash zu warten.

„Ich weiß genau, wie ihr euch fühlt, Kinder", flüsterte Melody, als sie sich zum Fenster bewegte und nach draußen auf den Schnee und die Bäume blickte und sich Ashs Wolf vorstellte, der sich unter dem Mondlicht seine Beine vertrat.

Ein vertrauter Schmerz erfüllte sie. Eine Sehnsucht, der Wunsch, ihrem eigenen Seelentier zu begegnen. Konnte es stimmen, was Carmen gesagt hatte? Hielt sich ihr Wolf zurück, um sich vor Brennan zu schützen? Diese Möglichkeit hatte Melody noch nie in Betracht gezogen. Wenn sie so darüber nachdachte, ergab es Sinn. Ein Omega würde sich verstecken, um Ärger zu vermeiden.

Ein Teil von ihr fragte sich zudem, ob ihr Wolf nur auf Ash gewartet hatte.

Bist du da drin, Wolf?, stellte sie die Frage an sich selbst, so wie sie das schon so oft in ihrer Jugend und darüber hinaus getan hatte. Wie gewöhnlich erhielt sie keine Antwort.

Sie legte die Fingerspitzen gegen die kalte Fensterscheibe und beobachtete, wie das Glas bei ihrer Berührung anlief. An diesem Abend fühlte sich das Baby in ihrem Bauch schwer an, obwohl es noch nicht viel größer sein konnte als ihr Handy. In ein paar Monaten wäre sie eine Mutter – und Ash hatte versprochen, sich um sie beide zu kümmern. Wäre das so schlimm? Carmen meinte, er sei ein guter Mann, und er hatte ihr bereits bewiesen, dass er zärtlich sein konnte. Fürsorglich. Verantwortungsbewusst.

Außer, wenn es darum geht, ein Rudel zu führen. Er war sexy und dominant, aber er war nicht wie Brennan. Er war nicht grausam. Er betrachtete seine Alpha-Macht als Pflicht und nicht als Recht. Also das genaue Gegenteil zu dem, was der Mann dachte, mit dem ihre Familie sie verheiraten wollte.

Brennan hatte für seine Position buchstäblich getötet. Der Wettbewerb, den Großvater inszeniert hatte, um seinen Nachfolger zu ernennen, war erst zu einem Ende gekommen, als nur noch ein Herausforderer stand. Brennans Wolf war wild gewesen, regelrecht tollwütig. Seinen letzten Gegner hatte er mit seinen eigenen Eingeweiden erwürgt. Danach hatte es keine Herausforderer mehr gegeben.

Sie legte eine Handfläche flach auf ihren Bauch. Brennan durfte nichts von dem Baby erfahren; sie durfte nicht erlauben, dass er es großzog. Nicht einmal ihrer Mutter würde sie diese Aufgabe anvertrauen. Für ihre Familie wäre ihr Baby nur ein Werkzeug, ein Mittel, um die Kontrolle über ein mächtiges Rudel und das damit verbundene Geld zu behalten. Das Kind musste beschützt werden, und das konnte sie nicht alleine tun.

Ob sie nun an Gefährten glaubte oder nicht, sie musste bei Ash bleiben.

11

Ash näherte sich dem Pfad entlang des Baches unweit von Carmens Haus, die Klauen seines Tieres gruben sich in den Pappschnee. Sein Verstand überschlug sich mit all den Entscheidungen, die er treffen musste. Seit dem College hatte er nichts mehr planen müssen. Im Gefängnis war er nur darauf konzentriert gewesen, zu überleben und nach seiner Entlassung war es nur darum gegangen, genug Geld zu verdienen, um seine Schulden zu begleichen. Ein einsamer Wolf zu sein, war ihm dabei entgegengekommen.

Jetzt musste er auch an Melody denken. Ob sie ihn als Gefährte akzeptierte oder nicht, sie brauchte ein Rudel. *Sein* Rudel. Und sein Rudel brauchte einen Alpha. *Aber nicht mich.* Doch Carmen bestand darauf, dass er der Einzige war, der sie zusammenhalten konnte.

Das Problem war, dass er nicht glaubte, seine Macht unter Kontrolle zu haben. Er vertraute sich selbst nicht.

Er raste durch den Schnee und sprang über einen gefallenen Baum. Schwächere Wandler und sogar viele Menschen konnten schnell von dem Befehl eines Alphas beeinflusst werden. Es war eine Sache, seine Alpha-Macht aufzurufen, um im Gefängnis zu überleben – die Männer dort verstanden nur Gewalt. Niemals würde er vergessen, dass er bereits das Leben einer Unschuldigen auf dem Gewissen hatte. Was, wenn er noch einen Fehler beging?

Werden wir nicht, beharrte sein Wolf.

Ash nahm Geschwindigkeit aus seinen Schritten. Es gab nur eine Möglichkeit, um sicherzugehen, dass er nie wieder einen Fehler machte, und seinem Wolf würde diese Idee nicht gefallen. *Wenn wir hier bleiben, muss ich das Rudel als Mensch führen. Ich kann unsere Alpha-Kräfte nicht benutzen.*

Sein Wolf schnaubte, frostiger Atem stieg in den Nachthimmel. *Unmöglich.*

Die Instinkte seines Wolfes zu kontrollieren, könnte schwieriger sein, als sein Rudel im Zaum zu halten, erkannte Ash und sprang über einen gefallenen Baum. Als er landete, nahm er einen ranzigen Geruch wahr – nicht Rauch, sondern … Cannabispflanzen. Es kam aus südlicher Richtung von Yates' Hütte. Und nach dem Geruch zu urteilen, handelte es sich um mehr als ein oder zwei Pflänzchen.

Was treibt er? Ash lief nach rechts und stoppte an der Waldgrenze. Yates' Hütte erschien als Schatten unter dem Licht des Mondes. Der penetrante Geruch von Gras erfüllte die Umgebung. Marihuana war legal in Alaska, aber man musste Genehmigungen haben, um es kommerziell anzubauen, und Ash bezweifelte, dass Yates sich die Mühe gemacht hatte. Der Mann war Ash in der Schule ein paar Jahre voraus gewesen und hatte ein Jahr im Jugendknast verbracht, weil er aus seinem Spind gedealt hatte.

Ein Generator war zu hören, summte laut im stillen Wald. Ash näherte sich und bemerkte einen dünnen rosafarbenen Lichtstreifen in der Aluminiumfolie, die das Fenster bedeckte. Carmen hatte gesagt, dass Yates niemanden mehr an sich ranließ, und jetzt wusste Ash auch, warum.

In ihm stieg heißer Zorn auf. Ein illegaler Anbau dieser Art könnte das Rudel nicht nur Geldstrafen kosten, sondern auch mehrere Menschen ins Gefängnis schicken, einschließlich Ash. Mit aufgestellten Nackenhaaren lief er über den schneebedeckten Pfad, der zur Eingangstür führte, bevor er sich in seine Menschengestalt verwandelte.

Dem Anstand geschuldet bewahrten die meisten Rudelmitglieder Ersatzkleidung in der Nähe der Tür auf. Er fand eine Jogginghose und ein T-Shirt im Zeitungskasten. Das Oberteil schob er zurück in den Kasten und beließ es bei der Hose. Sie war zu groß und so musste er sie mit einer Hand halten, um zu verhindern, dass sie ihm runterrutschte.

Seine nackten Füße sanken in den eiskalten Schnee. Tief holte er Luft, um sich zu beruhigen. Dies konnte als Test dienen, um zu sehen, ob er in der Lage war, auch ohne seine Alpha-Macht die Dinge zu handhaben. Bevor er klopfen konnte, öffnete sich die Tür und er wurde mit dem Lauf einer Schrotflinte begrüßt.

Ein dunkles Augenpaar funkelte in den Tiefen der finsteren Hütte. „Wer zum Teufel ist da?"

Ashs Alpha-Macht erhob sich automatisch, und es brauchte jede Unze Kontrolle, um diesen Instinkt aus seiner Stimme zu halten. „Nimm sie runter, Yates."

Der Mann senkte die Waffe und trat ins Mondlicht, sein quadratischer Kiefer war von rötlichen Stoppeln bedeckt. Eine Strähne braunen Haares fiel ihm in das rechte Auge, und er zuckte mit dem Kopf, sodass er ein freies Sichtfeld hatte. „Ash? Verdammt, niemand hat mir gesagt, dass du zurück bist! Komm rein, bevor die ganze Wärme entweicht."

Ash trat ein, die hohe Luftfeuchtigkeit raubte ihm regelrecht den Atem. Der Geruch erinnerte an einen Dschungel, der nur aus Unkraut bestand. Yates machte die Eingangstür zu, lief an Ash vorbei und öffnete die Tür zum Hauptraum. Fuchsiafarbenes Licht strömte in den Vorraum.

Ashs nackte Füße klebten am Linoleum, als er Yates folgte. Was einst ein Wohnzimmer gewesen war, zeigte nun einen Wald aus breiten Blättern. Eine Topfpflanze nach der anderen und an der Decke hingen LED-Leuchten, während im Hintergrund brummende Ventilatoren liefen.

Durch eine Lücke im Blattwerk konnte Ash sehen, dass auch die Küche von einem Dschungel bevölkert wurde. „Was zum Teufel veranstaltest du hier?"

Yates stellte die Schrotflinte ab. Mit einer Hand umfasste er den Lauf wie einen Gehstock und ließ stolz den Blick schweifen. „Ich werde die Schulden des Rudels bezahlen."

Ashs Magen rebellierte. Yates fürchtete, das Grundstück zu verlieren und versuchte nach bestem Wissen und Gewissen, das Unausweichliche zu verhindern. „Ich weiß es zu schätzen, dass du helfen willst, aber das", Ash wies auf den Raum, „wird uns Probleme einhandeln. Du musst die Pflanzen entsorgen. Ich kümmere mich um die Schulden."

„Das kann ich nicht tun." Yates zog eine Augenbraue hoch. „Ich zahle immer zurück, was ich schuldig bin."

„Was meinst du damit?"

„Dein Vater hat mich zweimal aus dem Gefängnis geholt und einen Haufen Geld für Anwaltskosten bezahlt. Ich versprach, alles zurückzuzahlen, und nur weil er verstorben ist, bedeutet das nicht, dass meine Schulden sich damit erledigt haben."

Ash erstarrte. Er war noch nie gut darin gewesen, Ausgaben im Blick zu behalten, aber er hatte immer angenommen, dass die Rudelschulden nur auf ihn zurückzuführen waren. „Mein Vater hat Kaution für dich gestellt?"

„Ja. Und bevor du mich belehrst, hör mich kurz an: Ich habe einen Freund mit einer Anbaulizenz. Er meinte, er würde mir die Ware zu einem guten Preis abnehmen. Ich werde damit nicht reich, aber es ist leicht verdientes Geld, wenn du weißt, was du tust, und das tue ich. Allein für diese Ladung sollte ich dreißig Riesen bekommen."

Das gab Ash zu denken. Er trat einen Schritt zurück und betrachtete die Pflanzen. Er wusste wenig über den Anbau von Cannabis, aber die Knospen schienen die Pflanzen mit ihrem Gewicht nach unten zu ziehen. Sie mussten kurz vor der Ernte stehen. Und es gab eine Menge zum Ernten.

Er seufzte und richtete die Hose, die drohte, herunterzurutschen. Er war selbst nicht der gesetzestreueste Bürger und hatte sogar ein paar fragwürdige Aufträge angenommen, seit er aus dem Gefängnis entlassen wurde; Kriminelle, die andere Kriminelle aufspüren sollten, neigten dazu, am besten zu bezahlen. Jetzt jedoch hatte er Melody und aus einer Gefängniszelle konnte er sich nicht um sie kümmern. „Dir ist schon bewusst, dass jeder im Umkreis von zweihundert Metern diesen Ort riechen kann, oder? Wenn dich jemand ausliefert, könnte das gesamte Rudel darunter leiden."

Yates schnaubte. „Ja, aber wer würde das tun? Hier draußen gibt es nur Rudelmitglieder."

„Was ist mit diesem Freund, der dir alles abkauft?"

„Der ist cool. Er wollte mich einstellen, aber mein Vorstrafenregister würde bei dem zuständigen Vorstand nicht gut ankommen. So ist es ein Win-win für alle Beteiligten."

Ash wollte ihm glauben. Dreißigtausend würden ausreichen, um die Raten für mehrere Monate zu sichern, und ihm die nötige Zeit geben, ein paar gute Aufträge für den Restbetrag an Land zu ziehen. „Wann ist bald?"

„Die erste Ladung trocknet bereits. Ich denke, Ende dieser Woche kann sie raus."

Erleichterung erfüllte Ash. Er hatte nicht zugeben wollen, wie sehr er sich um die nächste Zahlung sorgte, aber der genannte Zeitpunkt wäre gerade noch rechtzeitig, um eine Zwangsvollstreckung zu verhindern. So konnte er sich zunächst darum kümmern, dass Melody sich einlebte, und musste sie nicht sofort wieder für einen Auftrag verlassen. *Der Nutzen überwiegt das Risiko.* War das nicht die Art von Entscheidung, die ein Rudelführer traf?

„Scheiß drauf", flüsterte Ash und wandte sich dem Ausgang zu. „Halte mich einfach auf dem Laufenden, okay?"

„Mach ich."

Ash trat aus der verschwitzten Jogginghose und öffnete die Tür. Die kalte Luft löste Gänsehaut auf seiner Haut aus.

„Hey, Ash?"

Er sah über seine Schulter.

„Schön, dass du wieder bei uns bist."

Ash grunzte und schloss die Tür, bevor er seinem Wolf erneut die Kontrolle gab. Über ihm zeichneten die Nordlichter grüne und rosafarbene Bänder an den Sternenhimmel und ließen den Schnee in Pastellfarben funkeln, was ihn an das Licht in der Hütte erinnerte. War es ein Zeichen? Er wusste es nicht.

Auf vier Beinen entfernte er sich von der Hütte und machte sich auf den Weg zum See. Am Ufer stoppte er und blickte in der Dunkelheit auf die Bäume. Dies war Rudelgebiet – sein Revier. Und er würde tun, was auch immer nötig war, um es zu behalten. Er riss seine Schnauze gen Himmel und entließ ein Wolfsheulen.

Aus der Ferne und über die schneebedeckten Baumkronen erreichte ihn eine Antwort, gefolgt von einer zweiten eine Sekunde später. Die Stimme seines Rudels. Ein ungeahntes Heimatgefühl schwappte über ihn hinweg. Als er sich zu der Hütte seiner Schwester aufmachte, tat er dies in der Hoffnung, dass er sich nicht selbst etwas vormachte.

12

Melody streckte sich, öffnete ihre Augen und sah nur Dunkelheit. Sie nahm sich einen Moment Zeit, um sich daran zu erinnern, wo sie war. Sie hatte nicht geplant, einzuschlafen, als sie sich auf das Bett gelegt hatte, aber es war so bequem gewesen. Jetzt musste sie pinkeln. Als sie sich aufsetzte, bemerkte sie, dass sie jemand mit einer Decke bedeckt hatte.

„Guten Morgen", drang eine tiefe, vertraute Stimme durch die Dunkelheit an ihre Ohren.

Ash war zurückgekommen.

Sie erstarrte, ihre Augen verengt, um in der trüben Beleuchtung, die nun von einem Nachtlicht im Flur herrührte, sehen zu können. Ash saß gegenüber vom

Bett auf einem Schaukelstuhl. Seine breiten Schultern steckten in einem eng anliegenden T-Shirt, seine Beine in einer Jeans. Sein glühender Blick traf auf ihren, und ihr Herz vollzog einen Salto.

„Wie spät ist es?", fragte sie.

„Noch sehr früh. Oder spät, je nach dem, wie dein Standpunkt dazu ist."

Sie wartet, ob er noch mehr zu sagen hatte. Vielleicht würde er ihr erzählen, wo er hingegangen war und warum. Aber das tat er nicht. Also fragte sie: „Ist alles okay?"

Er lehnte sich vor, schaltete die Lampe an und der Raum füllte sich mit Licht. „Ja, ich denke schon. Wir müssen reden."

Das klang nicht gerade gut. Hatte er seine Meinung geändert? Vielleicht war ihm bewusst geworden, dass sie doch nicht seine Gefährtin war. Scheiße, was, wenn er sie gegen das Kopfgeld ausliefern wollte? Ihr Herz raste. „Worüber?"

„Nicht jetzt. Lass uns warten, bis wir wieder ein wenig Privatsphäre haben." Mit dem Kinn wies er zum Flur.

Sie sah rechtzeitig über ihre Schulter, um einen Blick auf ein kleines Gesicht zu werfen.

Ash rief: „Zeigt euch, Kinder."

Kichernd platzten drei Kinder in den Raum. Das ältere Mädchen hielt die Hand des jüngsten und folgte dem Jungen, der aussah, als wäre er neun oder zehn Jahre alt.

Der Junge hatte seine Augen auf Melody gerichtet. Er schien vollkommen fasziniert von ihr zu sein. „Bist du jetzt unsere Tante?"

Unsicher sah sie zu Ash, schließlich wusste sie nicht, was er mit ihr besprechen wollte.

Ash hob lediglich die Augenbrauen, als hätte er auch gerne eine Antwort auf die Frage.

Zittrig atmete sie ein und leckte sich über die Lippen. Lieber würde sie die Frage ignorieren. Ash hatte versprochen, sie und ihr Baby zu beschützen. Konnte sie sich aber darauf verlassen? Ihre Familie machte Versprechungen, die sie nicht hielt. War Ash anders? Wenn sie ihrem Bauchgefühl folgte, dann wusste sie, dass er besser war als Brennan. „Ich denke, das ist der Plan."

Ein breites Lächeln zierte Ashs Mund, und eine Welle der Erleichterung schwappte so gewaltig über sie hinweg, dass ihr schwindelig wurde. Entweder das, oder es handelte sich um Morgenübelkeit. Sie schluckte das Gefühl runter. Das Letzte, was sie wollte, war, sich vor ihren potenziellen neuen Nichten und Neffen zu übergeben. „Hat Carmen vielleicht Salzcracker?"

„Ich hole die Box!", verkündete das ältere Mädchen und rannte in die Küche.

Der Junge näherte sich Ash. „Onkel Ash, hast du uns etwas mitgebracht?"

„Diesmal nicht, Rory. Tut mir leid." Er warf Melody einen bedauerlichen Blick zu. „Ich bringe ihnen normalerweise etwas Kleines mit, wenn ich sie besuche."

„Das ist okay", sagte Rory. „Nächstes Mal kannst du etwas mitbringen. Es sei denn, du gehst nicht. Mama meinte, dass du vielleicht jetzt bleibst, da du ja nun eine Gefährtin hast."

„Deine Mutter ist ziemlich schlau. Sag ihr aber nicht, dass ich das gesagt habe." Ash täuschte einen Schlag in den Magen des Jungen vor, und Rory wich lachend aus.

Melody stand auf und ging ins Badezimmer. Was hatte Ash vor? Wollte er bleiben und das Rudel führen? Das bedeutete, dass sie am Ende doch mit einem Alpha eine Verbindung eingegangen wäre. Ihre Brust fühlte sich eng an und sie musste sich daran erinnern, dass Ash nicht wie Brennan war. Er wäre ein freundlicher Alpha, behutsam und gleichzeitig stark. Sie konnte es in der Art sehen, wie er mit den Kindern interagierte.

Als sie zurückkam, hatte sich das jüngste Mädchen an ihrem Bruder vorbeigeschoben und starrte Ash mit dem Daumen in ihrem Mund an.

Ash zog sanft an einem ihrer kurzen Zöpfe. „Hey, Rebel, ich habe dich nicht mehr gesehen, seit du ein Baby warst. Erinnerst du dich an mich?"

Sie schüttelte den Kopf, kletterte jedoch auf seinen Schoß. Auf dem Schaukelstuhl mit dem Kleinkind auf dem Schoß wirkte er fehl am Platz, aber seine tätowierten Arme und sein muskulöser Körper schienen eine weichere Seite zu verbergen. Eine Seite, die die Kinder wahrnehmen konnten. Er justierte das Kind neu und setzte sich in dem Stuhl in Bewegung.

Das ältere Mädchen kam mit Crackern und einem Glas Wasser zurück. „Bitte schön."

„Oh, was für eine gute Gastgeberin!" Dankbar nahm Melody beides entgegen und riss die Verpackung auf. „Danke."

Das Mädchen strahlte und kletterte zu ihr auf die Matratze. „Ich heiße Roxie. Ich kann für dich babysitten."

„Du bist nicht alt genug, Roxie", sagte Rory.

Roxie wandte sich an ihren älteren Bruder. „Bin ich wohl!"

Melody spürte, dass nicht mehr viel zu einem Streit fehlte und so erhob sie das Wort, um zu schlichten. „Ich nehme jede Hilfe, die ich kriegen kann."

Roxie steckte ihrem Bruder die Zunge heraus.

Rory hob das Kinn und drehte sich zu seinem Onkel. „Weißt du was, Onkel Ash? Vor zwei Wochen hatte ich meine erste Verwandlung! Wenn du bleibst, können unsere Wölfe gemeinsam jagen."

Ashs Augenbrauen schossen hoch. „Wow, du hast schon deinen Wolf? Bist du alt genug dafür?"

Der Junge war von seiner Pubertät noch weit entfernt, und Melody musste zugeben, dass sie ein wenig eifersüchtig war. Hätte sie in dem Alter ihren Wolf bekommen, vor dem Tod ihres Vaters, wäre alles anders gekommen. *Sei kein Idiot,* sagte sie sich. Hätte sie ihren Wolf so jung bekommen, wäre sie wahrscheinlich eine feige Omega, seit ihrem achtzehnten Geburtstag mit Brennan verheiratet und bereits Mutter von acht Kindern.

Rory verschränkte die Arme und drückte die Schultern durch. „Mama sagt, ich bin frühreif so wie mein Vater. Mein Wolf hat eine weiße Brust wie Mama, aber nicht so dunkel wie von ihm."

Roxie rieb sich mit der Hand über die Nase und verkündete: „Mein Wuff wird lila sein."

Ash lachte. „Was sagt deine Mutter dazu?"

„Sie sagt, ich kann alles sein, was ich will."

Plötzliche Nostalgie ließ Melody seufzen. Ihr Vater hatte sie in Roxies Alter auch ermutigt. Sie jedoch hatte auf einen orangen Wolf gehofft.

Eine erschöpfte Carmen erschien in einem roten Fleece-Bademantel und Hausschuhen auf der Türschwelle. „In Ordnung, Kinder. Hört auf, unsere

Gäste zu belästigen, und macht euch für die Schule fertig."

„Aber wir sehen Onkel Ash doch so selten", jammerte Rory.

„Keine Bange, Kleiner", sagte Ash. „Wir werden uns jetzt öfter sehen."

Carmen zog die Augenbrauen hoch, sagte aber nichts und folgte den beiden älteren Kindern den Flur hinunter zu den Schlafzimmern. Rebel blieb auf Ashs Schoß sitzen und legte ihre Wange an seine Brust, ohne den Daumen aus dem Mund zu nehmen. Ihre Augen blinzelten schläfrig, als er mit ihr schaukelte.

Melody knabberte an einem Cracker und fragte sich, ob er damit meinte, dass sie noch eine Weile hier bei Carmen bleiben würden. „Deine Schwester ist großartig. Ich mag sie."

Er zog eine Augenbraue hoch. „Ah ja?"

„Wir haben uns gestern Abend ein wenig unterhalten. Du solltest dich bei ihr bedanken."

„Okay. Für was? Abgesehen davon, dass sie uns hier übernachten lässt natürlich."

Der Cracker in ihrem Mund war plötzlich zu trocken und sie bekam ihn nicht herunter, als Melody erkannte, was sie ihm sagen wollte. Sie nahm einen Schluck Wasser und betrachtete ihn über den Rand ihres Glases. „Sie hat mich davon überzeugt, dass ich dir glauben soll, wenn du sagst, dass ich deine Gefährtin bin. Um genau zu sein, hat sie dich als guten Kerl bezeichnet."

Abrupt stoppte Ash das Schaukeln. „Das hat sie?"

Mit klopfendem Herz nickte Melody.

Eine leise Stimme in ihr flüsterte: *Er gehört uns.*

Sie erstarrte, unsicher, was sie gerade gehört hatte. *Bist du das, Wolf?*

Ash legte den Kopf auf die Seite, die Frage in seinen Augen spiegelte ihre eigene wider. Hatte er auch etwas gespürt? Es wäre ein Traum, wenn ihr Wolf nur darauf gewartet hätte, dass sie ihren Prinzen fand.

Aber nichts antwortete, und bevor sie Ash fragen konnte, was er gefühlt oder gesehen hatte, tauchte Carmen wieder auf. „Hättet ihr gerne Frühstück?"

Melody hob ihren Cracker. „Roxie hat sich bereits darum gekümmert."

Ash verzog das Gesicht zu einer Grimasse. „Du brauchst etwas Nahrhafteres als Cracker."

„Gerne, aber dann wirst du schnell mit mir im Badezimmer sitzen und meine Haare halten, während ich mir die Seele aus dem Leib kotze", sagte Melody. „Morgenübelkeit."

Carmen warf ihr einen verständnisvollen Blick zu. „Ich mache dir einen Tee. Das wird dir helfen." Sie nickte Ash zu. „Und für dich, Mister, werde ich den Bacon rausholen."

Mit einem höchstzufriedenen Laut zwinkerte Ash Melody zu. „Carmen denkt, Bacon ist ungesund und sollte für besondere Anlässe reserviert werden. Ich schätze, du hattest Recht."

„Was meinst du?", fragte Carmen.

Er stellte Rebel auf ihre Füße und stand auf. „Dass du mich für einen guten Kerl hältst."

Seine Schwester verdrehte die Augen. „Das hättest du ihm nicht sagen sollen. Jetzt wird jeder Jäger des Landes hinter ihm her sein."

Verwirrt runzelte Melody die Stirn. „Was?"

Carmen grinste. „Na ja, der riesige Kopf seines Wolfes würde eine beeindruckende Trophäe an ihren Wänden darstellen.“

Ash schnaubte und zog seine Schwester in eine Umarmung, die auch als Schwitzkasten durchgehen könnte. Der überraschte Blick auf ihrem Gesicht sagte Melody, dass dies nicht sehr oft vorkam.

„Danke, Schwesterherz“, sagte er. „Für alles.“

Carmen schlug ihn verspielt in die Rippen und befreite sich aus seinen Armen. Sie räusperte sich. „Ich bin froh, dass du wieder bei uns bist.“

Melody lächelte. Zumindest schien die Reise hierhin, der Beziehung zwischen Ash und seiner Schwester geholfen zu haben. Sie aß den Rest ihres Crackers und betete, dass auch sie in dieser Familie eine Zukunft hatte.

13

Bei Tageslicht war es einfacher, zur Hütte zu gelangen, da durch das Sonnenlicht, das auf den weißen Schnee zwischen den Bäumen entlang des Weges fiel, alles einladend glitzerte. Ash lenkte das Schneemobil um einen Baumstamm und genoss es, wie sich Melody mit dem Rücken an seine Brust lehnte, obwohl sie es ihm damit nicht leicht machte, seine wachsende Erektion zu ignorieren. Er wusste, dass sie noch eine Menge Dinge zu besprechen hatten, und er würde warten, bis sie bereit war. Sie war von den Menschen, denen sie vertraut hatte, stets ausgenutzt und hintergangen worden, und das Letzte, was er tun wollte, war, sie zu verschrecken. Also zwang er seinen Schwanz zur Unterwerfung und konzentrierte sich auf die Fahrt.

Carmen hatte ihnen einen Schlitten zum Transport von Vorräten ans Schneemobil gehängt. Als er Melody in seinem Flugzeug entführt hatte, hatte er keinen Gedanken an Essen verschwendet. Für Nahrungsmittel hätte er nach Anchorage gemusst, und sie bereits jetzt allein zu lassen, würde ihm nicht gefallen. Er musste sich jedoch um Aufträge kümmern. Durch Yates' ertragreiches Vorhaben konnte er sich dafür allerdings ein paar Tage Zeit nehmen.

Im Moment konnte er nur an Melody denken.

Vor der Hütte schnappte er sich ihren Koffer, der noch immer im Schnee lag. Dann fuhr er weiter und parkte direkt vor dem Eingang. Er schaltete den Motor ab, stieg von der Maschine und öffnete die Eingangstür. Im Vorraum roch es vertraut – nach Menschen, die einmal hier gelebt hatten. Der Duft erhob sich sogar über dem verharrenden Rauch. Er machte die Tür in den Innenbereich auf und betätigte den Lichtschalter, um einen Kronleuchter aus Milchglas und Holz zum Leben zu erwecken.

Die Hütte sah von außen klein aus, aber mit ihrer hohen Decke und den lackierten Balken wurde eine gemütliche Atmosphäre geschaffen. Die Rückseite des Gebäudes war in einen Hügel gebaut worden, wo sich einst die Höhle des Rudels befunden hatte. Jede Generation hatte an die Hütte angebaut. Die Geschichte war regelrecht greifbar und er hoffte, dass Melody die Hütte mochte.

Er stellte Melodys Koffer auf den polierten Holzboden, wandte sich dem Eingang zu und sah, dass sie bereits eingetreten war und nun ihren Parka öffnete. „Ich werde die Lebensmittel reinbringen", sagte er. „Ich bin gleich zurück."

Als er wenige Augenblicke später wieder auftauchte, die Arme mit Taschen und Kisten beladen, stand sie noch auf demselben Fleck. Ihr Blick lag auf der natürlich geformten Nische und dem Holzofen. „Meintest du nicht, dass die Hütte rustikal sei?"

„Einige Aspekte sind das." Er kickte sich die Stiefel von den Füßen und wich den schmelzenden Schneepfützen aus, die sie beim Eintreten kreiert hatten. „Dies ist der neueste Anbau."

Am Arm führte er sie in den Hauptbereich, sodass er die Tür zum Vorraum schließen konnte.

Melody nahm ein paar Schritte und ließ die Fingerspitzen über die Verkleidung aus Nut- und Federbrettern gleiten. Sie hielt an dem eingebauten Bücherregal inne, ihre Augen schweiften über die

Buchrücken und dann wandte sie sich den maßgefertigten Holzmöbeln zu.

Er richtete einen Milchkarton, der ihm vom Arm rutschen wollte. „Lass mich das Zeug wegräumen, dann zeige ich dir alles."

„Ich kann dir helfen." Melody bewahrte die Milchpackung vor einem Sturz und griff mit der freien Hand nach einer Chipstüte.

„Danke." Er lief zu einer Doppeltür mit Glasfenstern, die zum Essbereich führte.

An der gegenüberliegenden Wand unter zwei Fenstern stand ein langer Tisch aus stabiler, polierter Birke, flankiert von passenden Bänken. Aus seiner Kindheit erinnerte er sich an viele Rudeltreffen, bei denen der Tisch immer mit leckerem Essen beladen gewesen war. Jetzt war seine Oberfläche mit Staub bedeckt.

„Wow, der Tisch ist riesig", bemerkte Melody und strich mit den Fingerspitzen an der Tischkante entlang.

„Meine Mutter liebte es, Partys zu schmeißen." Ein trauriges Lächeln zeigte sich auf seinen Lippen. „Zum ersten Hochzeitstag bekam sie den Tisch als

Geschenk von meinem Vater. Mindestens vierzehn Leute finden daran Platz."

Melody folgte ihm durch den großen Raum in die Küche. „Ich hoffe, es ist okay, dass ich frage: Was ist mit ihnen passiert?"

Er stellte seine Sachen auf der Kücheninsel ab. Sein Herz schlug bereits schneller, als sich die seit langem verdrängten Gefühle in ihm erhoben. „Mama starb bei einem Bootsunfall, als ich noch in der Highschool war."

„Und dein Vater?", hakte Melody nach.

Diese Erinnerung war schmerzhafter, voller Trauer, Bedauern und Schuldgefühlen. Er starrte auf den begehbaren Gefrierschrank im hinteren Teil der Küche und es schockierte ihn, wie sehr ihn die schwere Tür an die Zeit im Gefängnis erinnerte. „Ich war im Gefängnis, als er starb."

„Oh, Ash, das tut mir so leid."

Er zwang sich, den Blick vom Gefrierschrank abzuwenden und räumte die Lebensmittel ein, öffnete und schloss Schränke, um sich wieder mit der Küchenaufteilung vertraut zu machen. Plastikbehälter füllten den unteren Stauraum, beschriftet mit Dingen wie Reis, Bohnen und Mehl, obwohl die meisten leer waren. Dad hatte zum Schluss offensichtlich nicht viel gekocht.

„Meine Eltern haben das Rudel gemeinsam als Alphas geführt. Nachdem Mom starb, sagte Dad, dass er das Rudel ohne sie nicht mehr führen konnte. Ich war das erste Rudelmitglied mit Hochschulabschluss und auf dem Weg zum Anwalt. Dad plante, mir die Zügel zu übergeben, sobald ich das Bar-Examen bestanden habe." Er presste die Zähne aufeinander und zwang sich, Melody in die Augen zu sehen. „Moms Tod hatte ihm das Herz gebrochen, aber meine Taten waren es, die ihm den Rest zerquetscht haben."

„Das tut mir so leid", sagte Melody leise. „Ich schätze, dein Studium konntest du nicht beenden?"

Er entließ ein verbittertes Lachen. „Wie? Mit einem Vorstrafenregister für Totschlag würde ich wahrscheinlich nicht viele Kunden an Land ziehen."

Ihre Aufmerksamkeit fiel auf die Tattoos auf seinen Armen. „Um ehrlich zu sein: Wie ein Anwalt siehst du nicht gerade aus."

Er lächelte und wusste genau, was sie dachte. „Langärmelige Hemden verbergen eine Vielzahl an Sünden."

„Das stimmt. Bist du deshalb Kopfgeldjäger geworden?"

„Nein, ich habe während des Jurastudiums mehrere Aufträge von Anwälten angenommen. Ich habe Leute geschnappt, die die Kaution haben verfallen lassen oder ausstehende Haftbefehle hatten."

„Oh, richtig, du hast gesagt, dass du hinter jemandem her warst, als das Mädchen ..." Sie verstummte, errötete und presste die Lippen fest zusammen.

„Alles gut. Wenn du willst, können wir darüber reden." An sich wollte er nicht über den Tag sprechen. Legte er jedoch nicht von Anfang an alles offen, würde das Thema immer wieder aufkommen.

Sie begegnete seinem Blick und schluckte. „Fragen habe ich eigentlich nicht. Es hört sich nicht so an, als wäre es deine Schuld gewesen. Du hattest ... Pech. Heute Morgen, als die Kinder bei uns saßen, meintest du, dass wir Redebedarf hätten. Ging es um etwas Bestimmtes?"

Er legte die Eier und die Butter in den Kühlschrank. Sein Blick fiel auf zwei Flaschen Amstel-Light-Bier, das Lieblingsbier seines Vaters, und es stand direkt hinter dem Senf. Verdammt, die Nostalgie traf ihn hart. Er schüttelte das Gefühl ab und drehte sich um. „Mein Job führt mich von zu Hause weg, manchmal wochenlang. Ich will, dass du in Sicherheit bist, wenn ich nicht da bin. Du und das Baby." Er legte seine Hände auf die Kücheninsel und lehnte sich auf der Granitoberfläche nach Halt suchend vor. „Ich dränge dich nicht, meine Gefährtin zu werden. Ich möchte nur, dass du hier sicher bist – ob du nun zustimmst oder nicht. Aber wenn du dich einverstanden erklärst, wird mein Rudel dich akzeptieren und dich beschützen."

„Dein Rudel ... Bedeutet das, dass du deine Rolle als Alpha annehmen willst?"

Er fuhr sich mit der Hand durchs Haar und atmete langsam aus. „Das ist eine komplizierte Frage, aber ja, ich werde es versuchen."

Sie kaute auf ihrer Lippe und wirkte unsicher. „Du hast lange mit keinem von ihnen gesprochen. Bist du sicher, dass sie etwas mit mir zu tun haben wollen?"

Er grinste. „In dem Punkt mache ich mir keine Sorgen. Außerdem wird Carmen wahrscheinlich allen drohen, die es wagen, sich mit dir anzulegen. Wenn das Rudel nicht in meinem Namen auf dich aufpasst, werden sie es für sie tun."

Ein Lächeln zierte Melodys Gesicht. „Ich wünschte, ich wäre nur halb so cool wie sie."

Er schnaubte. „Das bist du; du siehst es nur nicht." Dann nahm er wieder einen ernsten Ausdruck an. „Aber ich wollte sichergehen, dass du bereit bist, einem neuen Rudel beizutreten, bevor ich Carmen von meinem Plan erzähle."

Tief atmete sie ein. „Für das Rudel meiner Familie bin ich kaum mehr als Eigentum. Ich schulde ihnen rein gar nichts." Ihr Blick fiel auf die Arbeitsplatte. „Um meine Mom mache ich mir allerdings Sorgen."

Er nahm ihre Hand und drückte sie. „Sobald hier alles geregelt ist, verspreche ich, dass ich nach ihr sehen werde. Okay?"

Als er bei seinen Worten das Strahlen in ihren Augen sah, hatte er das Gefühl, drei Meter groß zu sein. Er musste definitiv einen Weg finden, ihre Mutter aus Brennans Klauen zu befreien. Er zog Melody in

Richtung des Esszimmers und fragte: „Kann ich dir nun den Rest des Hauses zeigen?"

Sie nickte und Interesse flammte hinter ihren Augen auf. „Okay."

Zurück im Wohnzimmer zeigte er auf den kurzen Flur mit den verschiedenen Türen. „Es gibt fünf Schlafzimmer. In dem ganz hinten befindet sich ein Doppelstockbett. Carmen und ich hatten dort früher Übernachtungspartys."

Als er die Türen nacheinander öffnete, war er erleichtert, alles sauber und ordentlich vorzufinden. Auf jedem Doppelbett lag ein handgenähter Quilt, jedes Zimmer lud mit warmem, goldfarbenem Licht zum Hereinkommen ein. Carmens altes Reich hielt nicht länger ihre Sachen inne, aber sein Kinderzimmer hatte immer noch X-Men-Poster an den Wänden und sein Fliegenbindeset auf dem Schreibtisch. „Als Kind war das mein Zimmer."

Melody zeigte auf ein Poster. „Das hatte ich auch! Ich war so verknallt in Wolverine."

„Du und alle anderen." Er wackelte mit seinen Augenbrauen. „Vielleicht muss ich mir Koteletten wachsen lassen."

Sie warf ihren Kopf zurück und lachte auf eine Weise, die ihm viel Freude bereitete.

Sie gingen weiter zum großen Schlafzimmer, und er stellte ihren Koffer auf die Truhe am Fußende des Bettes. Mittlerweile heulte sein Wolf ungeduldig. Er wollte endlich seine Gefährtin und sein Revier für sich beanspruchen, aber Ash mied es, den Raum als *unser Zimmer* zu bezeichnen. „Das wird dein Zimmer sein", sagte er. Bis Melody entschied, ihn zu akzeptieren, würde er in seinem alten Zimmer schlafen. „Das Badezimmer findest du dort."

Melody ging an ihm vorbei und holte tief Luft, als sie durch die Badezimmertür trat. „Als du sagtest, deine Hütte sei rustikal, habe ich mir eine Ein-Zimmer-Hütte mit einem Nebengebäude als Toilette vorgestellt. Dieses Haus ist wunderschön."

Er folgte dicht hinter ihr und mit ihrer Hilfe sah er alles mit neuen Augen. Das Badezimmer war fast so groß wie das kleinste Schlafzimmer in der Hütte, komplett mit Riverstone-Ablagen und eingelegtem Fliesenboden.

„Oh, wow, ist das ein Whirlpool?", fragte sie und deutete auf die riesige Badewanne, für die seine

Eltern ein Vermögen bezahlt hatten, um sie aus Anchorage liefern zu lassen.

Er nickte. „Soll ich dir ein Bad einlassen?"

„Das klingt himmlisch." Sie nickte enthusiastisch. „Ich habe schon ewig nicht mehr gebadet. Meine Wohnung hatte nur eine Dusche."

Er grinste bei der Vorfreude in ihrer Stimme, machte das Wasser an und kramte in dem Regal neben der Tür. Er fand zwei Gläser, halb voll mit Badesalz. „Mango oder Lavendel?"

Melody strich ihre Haare zu einem Knoten auf dem Kopf zusammen und enthüllte damit ihren schlanken, empfindlichen Hals. Sie sah zu ihm und sprach mit heiserer Stimme, die seinen Schwanz aufhorchen ließ. „Was wäre dir lieber?"

Sein Herz setzte einen Schlag aus. Er erstarrte, weil er sie sonst angesprungen hätte. „Möchtest du wissen, welchen Duft ich an dir riechen möchte oder welchen ich an mir bevorzugen würde?"

Ihre Wangen fingen Feuer und sie wandte den Blick ab. „Ich dachte, dass du dich vielleicht auch etwas frischmachen möchtest."

Zwei Schritte und er hatte ihr Kinn in der Hand, und so hob er ihren Kopf, bis sie ihm wieder in die Augen sah. „Ich will Missverständnisse vermeiden, denn es verlangt mir gerade viel ab, die Hände von dir zu lassen. Ich werde dich nicht ohne deine Erlaubnis berühren. Lädst du mich ein, mich dir anzuschließen?"

Sie entließ ein zittriges Lachen und fuhr mit einem Finger über seine Brust. Wie konnte sie so verdammt sexy und unschuldig zugleich sein? „Ich denke, dass ich meine Wölfin gespürt habe, als die Kinder bei uns waren."

Sein eigener Wolf regte sich. „Wirklich? Wie hat sie sich angefühlt?"

Ihre Hand wanderte zu seinem Nacken. Dann hob sie sich auf die Zehenspitzen und näherte sich mit ihren Lippen, bis sie nur noch wenige Millimeter von seinem Mund trennten. Ihr süßer Atem wehte über sein Gesicht, als sie hauchte: „Ich bin mir nicht sicher, aber ich denke, sie hat versucht, mir mitzuteilen, dass du mir gehörst."

Ohne zu zögern, schloss er den Abstand zwischen ihren Lippen.

14

Melody hatte sich noch nie so mutig gefühlt. So selbstbewusst. Ihre Wölfin schien direkt unter der Oberfläche zu warten und brauchte möglicherweise nur einen kleinen Schubs, um sich von ihren Einschränkungen zu befreien. Sie wollte Ashs Körper an ihrem spüren, wollte, dass ihre Wölfin endlich deutlich machte, nach was sie sich sehnte.

Ash glitt mit der Zunge zwischen ihre Lippen und sie erschauerte. Mit beiden Händen auf seinen Schultern zog sie ihn näher zu sich.

Er tat es ihr gleich und riss sie an seine Brust. Sein Körper fühlte sich wie eine Wand aus erhitztem Stein an, als seine Hände nach unten wanderten und ihre Pobacken umfingen, sodass sie seine offensichtliche Erregung spürte.

Sie entspannte sich und genoss den Moment. Bei seinen Küssen schaltete sich ihr Gehirn aus. Sie fühlte sich regelrecht angetrunken. Berauscht. Sicher, sie würde gerne ein Bad nehmen. Hätten sie aber hier und jetzt Sex, würde sie sich nicht beschweren. Als sie Ash zum ersten Mal begegnet war, hatte er ihr Angst gemacht. Mittlerweile kannte sie ihn jedoch ein wenig und ... nein, sie fürchtete ihn nicht länger. Ganz im Gegenteil: Mit ihm fühlte sie sich geliebt und beschützt. Sie vertraute ihm.

Nach einer Weile zog er sich von ihren Lippen zurück. „Es tut mir leid. Du wolltest ein Bad nehmen."

„Scheiß auf das Bad", sagte sie voller Verlangen.

„Auf das Bad scheißen? Nein, das möchte ich nicht tun", antwortete er grinsend. Bei dem Funkeln in seinen Augen kicherte sie.

„Ich auch nicht. Aber ich möchte mich gerne sauber fühlen." Sie entfernte die Hände von seinem Nacken und packte den Saum ihres T-Shirts, zog es sich über den Kopf und betrachtete den Wasserstand in der

Badewanne. Besonders voll war sie noch nicht. „Die Wanne ist riesig. Sie zu füllen, wird ewig dauern.“

„Das ist egal. Steig ein.“ Er zog sich sein eigenes T-Shirt aus und schlüpfte aus der Hose. Die Boxershorts spannte am Schritt, seine Erektion deutlich unter dem Stoff zu erkennen.

Leicht beschämt trat sie aus ihrer Jeans. Sie war sich ihres kleinen Bäuchleins extrem bewusst und so wandte sie sich ab, als sie sich ihre Unterwäsche auszog. Eine Sekunde später fühlte sie seine Hände auf ihren Schultern. Als er sie zur Wanne führte, wehte sein warmer Atem über ihren Nacken.

Sie nahm in der großen Badewanne Platz, das seichte Wasser hinterließ ein angenehmes Gefühl auf ihrer Haut. Mit den Knien an ihrer Brust beobachtete sie ihn.

Auch er war nackt und sein Schaft ragte zwischen seinen Beinen hervor, auf eine Weise, bei der sie erschauerte. Er war so lang und dick, wie sie es sich vorgestellt hatte, und sie wusste, dass ihre Augen weit aufgerissen waren, als sie den Blick zu seinem Gesicht hob.

Davon merkte er jedoch nichts, da er gerade in die Wanne stieg und sich vor ihr hinkniete. Seine Augen klebten auf ihren Armen, die ihre Knie fest umschlangen. Langsam lockerte er ihren Todesgriff und umfing ihre Handgelenke.

Sie presste die Schenkel zusammen und für einen Moment war sie sich nicht sicher, ob sie es wollte. Er hatte um Erlaubnis gebeten, aber wenn sie ihre Meinung änderte, würde er dann von ihr ablassen? Ein Teil von ihr wollte ihn testen, um zu sehen, ob er so vertrauenswürdig war, wie sie es sich wünschte.

Der andere Teil hatte Angst vor seiner Reaktion.

Seine Finger entfernten sich von ihren Handgelenken. In der Erwartung, dass er gleich brutal ihre Beine spreizen würde, um sich zu nehmen, was er wollte, hielt sie den Atem an. Brennan würde das tun. Ash jedoch glitt mit seinen Fingern über die Innenseite ihrer Waden nach unten zu ihren Knöcheln.

Sie erschauerte und sog scharf den Atem ein. Seine Berührung zog ein Kribbeln nach sich und das Gefühl schoss schockierend erregend von ihren Beinen zu ihrem Oberkörper.

Unter dem Wasser fuhren seine Fingerspitzen über den Spann ihrer Füße, dann ging es wieder nach oben, über ihre Knie und entlang ihrer

Oberschenkel und ihre Beine öffneten sich wie von allein.

Seine Nasenlöcher blähten sich auf und seine Augen funkelten, als sein Blick auf ihre Pussy fiel. Langsam wanderte seine Aufmerksamkeit über ihren Körper bis zu ihrem Gesicht. Mit den Händen immer noch auf ihren Knien, hielt er inne und sah ihr direkt in die Augen. „Ist das immer noch okay?"

Er bittet mich um mein Einverständnis. Diese Erkenntnis nahm ihr die Entscheidung ab. Sie nickte entschlossen. Sie wollte ihn. Jeden langen, harten Zentimeter, den er zu bieten hatte.

Mit einem zufriedenen Knurren zog Ash sie zu sich und setzte sie dann rittlings auf seinen Schoß. Warmer Wasserdampf stieg um sie herum auf, als er mit der Eichel durch ihre Spalte glitt.

Seine Zunge fuhr über ihre Unterlippe und er sagte mit rauer Stimme: „Du bist so verdammt heiß."

Die Art, wie er das gesagt hatte, mit solcher Ehrfurcht, ließ sie erstrahlen. In letzter Zeit hatte sie sich nicht attraktiv gefühlt, nur aufgebläht und verängstigt. Aber hier, in der warmen Umarmung der Wanne, in einer Hütte weit weg von allem, was sie jemals gekannt hatte, fühlte sie sich, als hätte sie endlich die Kontrolle über ihr Leben zurück.

Melody entließ einen zittrigen Atem und schloss die Augen, ihre Hände ruhten sanft auf seinen Schultern. Sie spreizte ihre Beine so weit wie möglich, bis seine Länge entlang ihrer Spalte lag.

Ein Stöhnen erhob sich aus seiner Kehle. Mit einer Hand auf ihrem Arsch bewegte er sich mit ihr, glitt mit seinem Schwanz durch ihre feuchte Spalte. Seine Rechte rutschte von ihrem Nacken in ihre Haare. Im nächsten Moment riss Ash ihren Kopf zurück, sodass er seinen Mund auf ihren pressen konnte. „Ich will dir nicht wehtun", hauche er an ihren Lippen. „Ich glaube nur leider nicht, dass ich Sex mit dir haben kann, ohne dich für mich zu beanspruchen."

Sie legte den Kopf weiter zurück, jede Zelle in ihr vibrierte vor Verlangen. Wenn er sie markierte, würde sie vielleicht den Gefährtenbund und ... ihre Wölfin wahrnehmen. „Tu es. Ich möchte nie wieder an jemanden außer an dich denken."

Sein Schwanz zuckte an ihrem Eingang und er glitt durch ihre Nässe, ohne in sie einzudringen, während er mit den Zähnen an ihrer Haut knabberte.

Melody richtete sich auf die Knie auf, schob eine Hand zwischen sie und umfing seinen Schaft, um die pulsierende Eichel an ihrem Eingang zu positionieren.

Seine Atmung beschleunigte sich, seine Hände packten ihre Hüften, kurz davor, sie auf seiner Länge aufzuspießen. Doch er hielt sich zurück.

Sie lächelte. Er erlaubte ihr, die Führung zu übernehmen. Ein berauschendes Gefühl. Dann senkte sie sich einen Zentimeter nach dem anderen auf ihn ab, nahm ihn in sich auf und ihre Vagina legte sich um seine massive Erektion.

Kleine Küsse ließ er auf ihr Schlüsselbein rieseln und er lehnte sich vor, um einen ihrer Nippel in seinen Mund zu nehmen.

Als er hart saugte, entließ sie einen lustvollen Schrei. Sie wölbte ihren Rücken und dann war er vollkommen in ihr. Dass er sie nun füllte und dehnte, löste eine Lustwelle in ihr aus und die Wände ihres Geschlechts pulsierten enthusiastisch um seine Länge.

Grunzend hob er seine Hüfte in regelmäßigen Stößen nach oben, passend zu der Art und Weise, in der er seine Zunge über ihre harte Brustwarze schnellen ließ. Ihr Körper wurde von ekstatischen Empfindungen überwältigt. Sie packte seine Schultern und keuchte, als sich ihre Beine anspannten. Bei jedem seiner Stöße schwappte das warme Wasser über ihre Oberschenkel.

Sein Mund verließ ihren Nippel. Dann legte er eine Hand in ihren Nacken und zog sie zu einem Kuss zu sich. Nun bat er nicht mehr um Erlaubnis; seine Handlungen waren fordernd. Kontrollierend. Und das störte sie nicht. Seine Lippen verschmolzen mit ihren, seine Zunge plünderte ihren Mund.

Heilige Scheiße, was auch immer er machte, schaffte es, sie höher zu treiben. Sie stöhnte, als er mit dem Schwanz über die Wände ihres Geschlechts strich und sich der Druck in ihr aufbaute. Gleich würde sie kommen. Sie *musste* einfach kommen. „Nicht aufhören!"

Er knurrte, stieß nach oben und vergrub sich immer und immer wieder in ihrer Hitze, sodass ihre Augenlider flatterten und sich die Welt wie ein Karussell anfühlte.

Dann, ohne Vorwarnung, drehte er sie auf den Rücken. Wasser schwappte gegen sie, auch gegen ihren Nacken, wo er mit seiner Hand verhinderte, dass sie mit dem Kopf gegen die Badewanne stieß. Das war gut, denn er hielt sich nicht zurück, seine Stöße hart und ungezähmt, womit er ihr jedes Mal ein lustvolles Stöhnen entlockte. Rein und raus, rein und raus, schneller und immer schneller, bis sie das Gefühl hatte, nicht mehr atmen zu können.

Sie kratzte über seinen Rücken und schlang ihre Beine um ihn, hieß das kribbelnde Gefühl willkommen. „Ash!"

Er presste etwas Unverständliches heraus, als er erneut hart in sie stieß. Einmal. Zweimal.

Und schon explodierte sie.

Seine Hüfte zuckte nach vorn, seine Zähne fanden den alten Biss an ihrer Schulter. Dann spürte sie … Schmerz, doch die Kaskade der Lust überwog. Er verlangsamte seinen Rhythmus und passte sich ihrer Erlösung an. Schließlich füllte er sie mit seiner Hitze, die Empfindung so überwältigend, dass sie Sterne sah.

Als ihr Geschlecht nicht mehr um seinen Schwanz pulsierte, entrang sich ihr ein langer Seufzer, ihre Beine entspannten sich und senkten sich von seinen Hüften nach unten.

Schwer atmend nahm Ash sein Gewicht von ihr und gab ihr Raum, sodass sie in der Wanne nach oben rutschen konnte. Das Wasser stand nun bis zur Hälfte und fühlte sich angenehm warm an.

Er küsste die Stelle, wo er sie für sich markiert hatte, und schob ihr eine nasse Haarsträhne von der Wange, bevor er Küsse auf ihre Schläfe, ihren Kiefer und ihre Lippen verteilte. „Ich habe dir doch nicht wehgetan, oder? Oder dem Baby? Tut mir leid, wenn ich zu grob war. Ich hab mich ein wenig mitreißen lassen."

Bei der Aufrichtigkeit in seinem Blick setzte ihr Herz einen Schlag aus. Er machte sich Sorgen um sie. Sogar an das Baby dachte er. Sie lächelte. „Es geht uns beiden gut."

Ein Heulen war draußen zu hören und unerwartete Panik nahm von Melody Besitz. Hatte Brennan sie gefunden? Wenn er herausfand, was sie gerade getan hatten, würde er sie beide umbringen. Melody wollte aufstehen, aber es fiel ihr plötzlich schwer, Luft in ihre Lungen zu bekommen.

„Bleib sitzen. Das ist nur Gregory. Sein Heulen würde ich überall erkennen." Ash kniete sich hin, griff um sie herum und stellte den Wasserhahn ab.

„Es hat sich schnell herumgesprochen, dass ich wieder hier bin. Warte hier, während ich schaue, was er will."

Melody atmete erleichtert aus und sank zurück ins warme Wasser. Ash trat aus der Wanne und wickelte ein Handtuch um seine Taille. Ihr Blick fiel auf seinen wunderschönen Körper und ihre Pussy pulsierte anerkennend. Er hatte fast die Tür erreicht, als er sich mit einem breiten Grinsen zu ihr umdrehte und das Mangobadesalz ins Wasser kippte. Erst dann verließ er das Badezimmer.

Der Wasserdampf in der Luft war erfüllt mit einem fruchtig-süßen Aroma, und sie schloss die Augen, zerrissen zwischen dem Wunsch, Ashs Rudel kennenzulernen, und der Dankbarkeit, da sie sich für den Moment im Hintergrund halten durfte. Carmen war gnädig gewesen, aber die anderen in seinem Rudel schätzten es vielleicht nicht, wenn sich ein Außenstehender an ihren Alpha klammerte. Besonders jemand ohne Wolf.

Sie hob ihre Finger an ihre Schulter und fand die Bisswunde von seinen Zähnen. Dieses Mal hatte es nicht so wehgetan wie bei Brennan. Allerdings hatte es auch nicht ihre Verwandlung getriggert. Weder ihre Wölfin hatte sie gespürt, noch den Gefährtenbund zu ihm.

Sie weigerte sich, den Moment mit Enttäuschung zu ruinieren, und griff stattdessen nach dem Shampoo, um sich ihre Haare zu waschen. Selbst wenn sie nie den Bund oder ihren Wolf spüren würde, hatte sie doch eben den besten Sex aller Zeiten gehabt. Ash war ein mächtiger Alpha, der glaubte, dass sie seine Gefährtin war, und dabei spielte es auch keine Rolle, ob sie den Bund wahrnahm, so wie er das tat. Und die Chance, dass Brennan sie mitten im Nirgendwo fand, war sehr gering.

Vielleicht sollte sie also versuchen, ihre Zeit mit Ash zu genießen.

15

Melody packte den Lenker des Schneemobils. Sie liebte es, bei dieser Geschwindigkeit vor Ash über den gefrorenen See zu rasen. In der letzten Woche hatte sie gelernt, das Fahrzeug zu beherrschen. Außerdem hielten sie die Ausrüstung und der Helm warm, die Ash für sie ausgegraben hatte – ein großer Unterschied zu dem Designer-Mantel und den Stiefeln, die sie bei ihrer Ankunft getragen hatte. Gerne stellte sie sich vor, wie es wäre, als Wolf durch den Wald zu rennen. Frei. Stark. Glücklich.

Sie warf einen Blick über ihre Schulter zu Ash, der in einem sicheren Abstand auf einer zweiten Maschine fuhr. Glücklich. Er trug zu diesem Gefühl bei. Sie hatten ihre Tage entweder im Bett verbracht oder sein Revier erkundet, sodass er ihr die Mitglieder seines Rudels vorstellen konnte. Sie liebte es, all die peinlichen Anekdoten aus seiner Kindheit zu hören. Ash hatte hier viel Zeit verlebt und sie sah ihm an, wie sehr er sein Rudel vermisst hatte, und ihnen ging es genauso. Er lachte über die Geschichten und hatte seine eignen – sowohl über sie als auch über sich selbst.

Sorgen hatte sie sich nur einmal gemacht: Eine Frau hatte ihn minutenlang getadelt, weil er so lange ferngeblieben war, und Melody hatte befürchtet, dass er gleich explodieren würde. Aber er hatte lediglich zugehört, hatte alles über sich ergehen lassen, und als die Frau fertig war, hatte er sie umarmt und sich entschuldigt. Es war offensichtlich, dass das Rudel ihn respektierte, jedoch nicht aus Angst, sondern aus Zuneigung.

Es war seltsam und wunderbar zugleich. Da sie noch nicht zugestimmt hatte, seine Gefährtin zu sein, war es umso überraschender, wie sie von seinen Leuten empfangen wurde. Die Männer zeigten ihren Beschützerinstinkt, wenn Ash von Brennan erzählte und die Frauen planten bereits eine Babyparty für sie. Das herzliche Willkommen war nicht, was sie erwartet hatte. Melody fühlte sich regelrecht losgelöst. Endlich konnte sie erkunden, wer sie wirklich war – so, wie sie es sich immer gewünscht hatte. Sie glaubte, auch ohne eine Wölfin ein erfülltes Leben haben zu können.

Einige Meter entfernt vom Ufer, wo der Bach in den See mündete, entdeckte sie einen Hügel aus braunem Eis. Sie waren noch nie so weit gefahren, aber Ash wollte, dass sie sich in dieser Gegend auskannte. *Das ist auch dein Land,* hatte er ihr gesagt. Und ... sie glaubte ihm.

Sie nahm Tempo heraus und hielt an, wartete auf Ash und zeigte ihm die Verfärbung. „Das ist ein Aufeis, oder?"

Er nickte und sie sah, wie sehr ihm der Anblick missfiel. „Korrekt. Halte Abstand."

Die Geschichten, die er ihr über Menschen erzählt hatte, die ins Eis eingebrochen waren, machten sie nervös, also folgte sie den Schneemobilspuren, die am Bach entlang führten und dann im Wald verschwanden. Sie traf auf eine Stelle aus Pulverschnee, beschleunigte und betete, dass sie nicht stecken blieb. Das war bereits ein paar Mal passiert. Gott sei Dank war Ash jedes Mal da gewesen, um die schwere Maschine aus dem Schnee zu befreien. Er war so stark und immer für sie da, wenn sie ihn brauchte. Obwohl sie den Gefährtenbund noch nicht wahrnahm, wusste sie, dass er der Mann für sie war.

Der Pfad öffnete sich zu einer Lichtung mit einer verwitterten grauen Hütte, aus der Rauch aus dem Schornstein trat. Ein Haufen aus frisch gehacktem Holz lag neben der Tür, und zwischen der Hütte und einem nahegelegenen Baum war eine Wäscheleine mit winzigen gefrorenen Stramplern gespannt. *Sie haben ein Baby!* Überglücklich gleich eine frischgebackene Mutter kennenzulernen, hielt sie an und schnitt den Motor ab. Eine Sekunde später schwang sie das Bein über den Sitz und stand vor der Haustür. Sie konnte hören, wie sich Ashs schwerere Maschine durch den weichen Schnee des Pfades kämpfte, aber sie war zu aufgeregt, um auf ihn zu warten. Jeder Haushalt hatte sie bisher mit so viel Wärme willkommen geheißen, also klopfte sie an die Tür. Warum hatte niemand erwähnt, dass es ein Neugeborenes im Rudel gab?

Ashs Maschine platzte aus den Bäumen und er rutschte zwischen Melody und dem Gebäude zum Stillstand. Innerhalb eines Herzschlages sprang er von dem Schneemobil. „Steig wieder auf deine Maschine und fahr los. Sofort!"

Ihr Magen drehte sich. „Was?" Die Falten neben seinen Augen erinnerten sie gerade an Brennan. Ash sah wütend aus und sie reagierte instinktiv, indem sie seinem Befehl gehorchte und sich rückwärts dem Schneemobil näherte. „Wieso?"

Die Tür der Hütte schwang auf. Ein Mann mit rötlichen Locken, die unter seiner Fleecemütze hervorstachen, zeigte sich.

Ash wirbelte herum und stellte sich dem Mann mit geballten Fäusten.

Die Zähne des Mannes erschienen, aber er wirkte eher verängstigt als wütend, seine sommersprossigen Wangen deuteten immer noch auf Babyspeck hin. So jung. „Was willst du?" Er ahmte Ashs Haltung nach.

Mit klopfendem Herz packte Melody den Lenker des Schneemobils und startete den Motor. Die Maschine hustete und starb.

„Du befindest dich auf Huntington-Land", knurrte Ash. „Du musst auf die andere Seite des Baches umziehen."

„Wir machen keinen Ärger", antwortete der Mann, als Melody es erneut versuchte.

„Das spielt keine Rolle", sagte Ash mit tiefer Stimme. „Du gehörst nicht hierher, und ich erlaube nicht, dass du die Rechte des Hausbesetzers in Anspruch nimmst."

Ihr Arm zitterte bei ihrem dritten Versuch, stetig verlor sie an Kraft. Was hatte sie angerichtet? Diese Leute hatten ein Baby und nun wurden sie gezwungen, ihr Haus zu verlassen. Wäre sie nicht gewesen, hätte Ash die besetzte Hütte wahrscheinlich nicht mal bemerkt.

Der Geruch nach Benzin wehte zu ihr, was ihr aufzeigte, dass sie den Motor überflutet hatte. *Scheiße! Was nun?* Sie sah zu den beiden Männern. Die Augen des Fremden funkelten mit dem Licht seines Tieres. Nicht mehr lange und er würde seine Kontrolle verlieren.

Aus dem Inneren des Hauses war ein weinendes Baby zu hören. Jedes Nervenende in Melody wurde zum Leben erweckt und sie erhob sich von dem Schneemobil. „Ash –"

Eine kurvige Frau erschien hinter dem Mann. In ihren Händen hielt sie ein Gewehr, mit dem sie auf den Boden zielte.

Das erinnerte Melody an ihre eigene Mutter. Ihr Vater hatte ihrer Mutter ein Gewehr gekauft, da er wollte, dass sie in der Lage war, sich selbst zu verteidigen. Aber Mama war zu unsicher gewesen, um es überhaupt zu berühren, und bestand darauf, dass er die Waffe aus dem Haus brachte. Er war ihrem Wunsch gefolgt.

Die Haltung dieser Frau machte deutlich, dass sie nicht zögern würde. „Seit Jahren hat niemand mehr diese Hütte benutzt", sagte die Frau mit fester Stimme. Sie sah nicht älter aus als der rothaarige Mann neben ihr. „Lasst uns einfach in Ruhe."

Schlichtend hob Ash die Hände; selbst die Wandler waren nicht immun gegen Kugeln. Er warf Melody einen Blick über die Schulter zu. „Nimm meine Maschine und verschwinde. Los."

Revierkämpfe konnten brutal werden, und Melody wollte überall sein, nur nicht hier. Aber etwas in ihr weigerte sich, seiner Anweisung zu folgen. Das Baby weinte noch immer und das löste in Melody den Drang aus, etwas zu unternehmen. Wenn Ash diesem Paar wehtun würde, was sollte dann aus dem Baby werden? Melody konnte nicht zulassen, dass jemand verletzt wurde. *Du bist seine Gefährtin. Beruhige ihn.* Aber sie wusste nicht, wie sie das anstellen sollte.

Ashs Aufmerksamkeit lag erneut auf dem Paar. „Gehört ihr zu Quentins Rudel?"

„Er ja." Die Frau wies mit dem Kinn zu dem Mann an ihrer Seite.

Der Mann blickte finster drein, legte seinen Arm um die Schultern der Frau und zog sie an sich. „Nicht mehr. Nicht, wenn sie meine Gefährtin nicht akzeptieren können."

„Na ja, zu meinem Rudel gehört ihr auch nicht." Ash zeigte nach links. „Ihr müsst gehen."

„Was, wenn sie sich uns anschließen?", platzte es Melody heraus. „Unserem Rudel, meine ich." Brennan versuchte immer, sein Rudel durch Gewalt oder Zwang zu stärken. Ash dachte nicht so, aber mehr Mitglieder bedeuteten, dass das Rudel an Stärke gewann. Dies war eine Chance.

Die Augen der Frau weiteten sich. „Du bist der Alpha des Huntington-Rudels?"

Unter den Sommersprossen des Mannes erröteten sich seine Wangen und er nahm den Arm von den Schultern der Frau, um einen Schritt nach vorn zu treten. „Ich werde meine Treue hier und jetzt schwören, Alpha. Bitte lass uns bleiben."

Der Druck in Melodys Brust löste sich und sie lächelte Ashs angespannten Rücken an. Das war die Lösung.

Ash jedoch schüttelte den Kopf. „Wir haben keinen Platz für neue Mitglieder."

Das Gesicht des Mannes verfinsterte sich und sogar Melody konnte das Knistern in der Luft spüren. Er war einer Verwandlung nahe. „Ich hätte wissen müssen, dass du ein voreingenommener Wichser bist."

Ash setzte einen Fuß nach hinten, rollte seine Schultern und schien sich damit auf einen Kampf vorzubereiten.

Die Frau hakte den Arm durch den ihres Gefährten und zog ihn einen Schritt zurück. „Ganz ruhig, Matt, wir haben doch darüber gesprochen. Mach keine Dummheiten."

Die Brust des Mannes hob und senkte sich mit heftigen Atemzügen, und Melody erkannte, dass es ihr ähnlich ging. Die Schreie des Babys hatten mittlerweile einen verzweifelten Ton angenommen. Als Matt wieder sprach, verlor seine Stimme an Kraft: „Es ist mitten im Winter und wir können nirgendwo anders hingehen. Ich flehe dich an."

Melodys Herz brach. Warum lenkte Ash nicht ein? Sie starrte auf seinen Rücken und bereitete sich darauf vor, für diese Familie zu plädieren. Sie nahm einen Schritt, einen zweiten und trat neben ihn. Flüsternd wandte sie sich an ihn: „Ash, sie tun doch niemandem weh. Und das Baby ... Können sie nicht wenigstens bis zum Frühling bleiben?"

Mit einem flüchtigen Blick bedachte er sie und in seinen Augen sah sie etwas, das sie nicht deuten konnte. Dann leckte er sich über die Lippen und löste seine geballten Fäuste. „Bis zum Frühling. Dann müsst ihr gehen. Abgemacht?"

Mehrere Emotionen flackerten über die Gesichter des Paares, dann nickte der Mann. „Wir werden euch keine Probleme machen."

„Danke", fügte die Frau hinzu und ihr Blick fiel zu Melody, bevor sie sich umdrehte und, wie Melody annahm, nach ihrem Baby sah.

Die Tür schloss sich, sodass das Weinen des Babys gedämpft wurde, das einen Moment später nicht mehr zu hören war. Melody stellte sich das Paar im Inneren vor, wie sie das Baby und einander trösteten, während sie über ihre Zukunft nachdachten.

Ash ging zu ihrem Schneemobil und startete entschlossen den Motor. „Lass uns zu unserer Hütte zurückkehren."

Fragen brannten ihr auf der Seele, aber jetzt war nicht die Zeit, sie zu stellen. Ein Teil von ihr war froh darüber, dass sie helfen konnte, eine gefährliche Begegnung zu deeskalieren. Der andere Teil befürchtete, dass ihr etwas Wichtiges entgangen war. Ash musste einen Grund für seine Taten haben. Sie hoffte nur, dass er bereit war, diesen mit ihr zu teilen.

16

Ash folgte Melody nachhause und überlegte, was er mit dem Paar in der Hütte machen sollte. Sie hatten ihm ihre Geschichte zwar nicht erzählt, aber er konnte sich gut vorstellen, was sie durchgemacht hatten. Quentins Rudel akzeptierte niemanden, der sich nicht verwandeln konnten. Noch abgeneigter stand er Menschen gegenüber. Ausgehend von dem Geruch der Frau, wusste er, dass sie menschlich war. Selbst wenn sie mit ihrem Gefährten die Quelle besuchte und ein Tier empfing, konnte keiner mit Sicherheit sagen, was sie bekam.

Das hieß jedoch nicht, dass er sie einfach in sein Rudel aufnehmen konnte. Zum einen wusste er nichts über das Paar. Zweitens bedeuteten neue Mitglieder, dass er seine Alpha-Kraft aufrufen müsste, und das konnte Tragödien nach sich ziehen. Aber jemandem zu erzählen, dass er einen Schwur abgelegt hatte, seine Macht nicht zu nutzen, würde ihn schwach erscheinen lassen. Es hätte den Jungen sogar ermutigen können, ihn herauszufordern, und das war das Letzte, was Ash wollte.

Gott sei Dank war Melody dabei gewesen, sonst hätte die ganze Situation in einem Blutbad enden können. Sie bis zum Frühjahr bleiben zu lassen, war eine vorübergehende Lösung und würde allen die Möglichkeit geben, über Alternativen nachzudenken. Zur Hölle, vielleicht sollte er sie selbst zum Gletscher bringen. Bekäme die Frau einen Wolf, könnten sie zu dem Rudel ihres Gefährten zurück und Ash hätte ein Problem weniger.

Neben Melodys Maschine hielt er an und sagte ihr, sie solle schon mal reingehen, während er die Schneemobile betankte. Er wusste, dass er ihr von seinem Schwur erzählen musste, aber das bedeutete nicht, dass er sich auf das Gespräch freute. Er erwartete, dass sie danach weniger von ihm halten würde. Vielleicht würde sie ihn sogar verlassen. *Du hättest ihr gleich zu Beginn die volle Wahrheit sagen sollen.*

Er füllte die Tanks wieder auf und ging hinein, hing seine Ausrüstung an die Haken und schlüpfte mit den Füßen in seine Hausschuhe. Melody saß vor dem Holzofen auf dem Sofa, eine dampfende Tasse Kakao in ihren Händen. Sie deutete mit dem Kinn auf eine zweite Tasse auf dem Couchtisch. Daneben stand eine Flasche Bourbon. „Ich habe dir Kaffee gemacht."

„Danke." Er setzte sich neben sie und goss einen großzügigen Schuss in seine Tasse. Vielleicht würde der Alkohol ihm helfen, die Frage zu beantworten, von der er wusste, dass sie kommen würde.

„Ash, ich brauche eine Waffe."

Er blinzelte. Das hatte er nun wirklich nicht erwartet. Nach einer Weile ergaben ihre Worte jedoch Sinn. Sie zweifelte seine Fähigkeit an, sie zu beschützen. Er räusperte sich. „Weißt du, wie man schießt?"

„Nein, aber ich lerne schnell. Du kannst nicht die ganze Zeit bei mir sein. Ich muss mich verteidigen können. So wie es die Frau in der Hütte getan hat."

Es machte ihm nichts aus, dass Melody eine Waffe hatte. Wäre er ehrlich, schämte er sich sogar, dass er nicht selbst daran gedacht hatte, ihr eine zu geben.

Carmen hatte eine Waffe besessen, als sie schwanger war und sie sich nicht verwandeln konnte. Melody war nicht nur schwanger, sie war außerdem noch immer ein Mensch. Es wunderte ihn also nicht, dass sie sich mit der Frau in der Hütte verbunden fühlte. Er fragte: „Konntest du spüren, dass sie ein Mensch ist?"

Melodys Augen weiteten sich und sie rutschte von ihm weg. „Ist das der Grund, warum du sie nicht im Rudel willst?"

„Nein, ganz und gar nicht."

„Warum dann?"

Er holte tief Luft und stellte seine Tasse ab, bevor er sich erhob, um mehr Holz in den Ofen zu werfen. Melody schwieg, während er seine Gedanken sammelte, und er war dankbar für ihre stille Anwesenheit. Ausdruckslos drehte er sich zu ihr und bereitete sich mental auf ihre Ablehnung vor. Dann öffnete er den Mund: „Ich kann sie nicht in das Rudel aufnehmen. Das geht nur, wenn ich meine Alpha-Macht nutze und ich habe geschworen, sie nie wieder zu verwenden."

Stirnrunzelnd ließ sie den Blick über sein Gesicht schweifen. „Ich verstehe dein Zögern, aber du hast zugestimmt, das Rudel zu führen. Wie kannst du das tun, ohne deine Macht einzusetzen?"

„Ein guter Anführer sollte in der Lage sein, sein Volk ohne magischen Zwang zu leiten."

Ohne zu blinzeln, starrte sie ihn weiterhin an, ihr Mund leicht geöffnet, als sie seine Worte zu verarbeiten schien. „Ich wusste, dass du nicht wie Brennan bist, aber jetzt wird mir bewusst, wie sehr ihr euch tatsächlich unterscheidet."

Ein Felsbrocken legte sich auf sein Herz. Sie glaubte, ihr ehemaliger Alpha sei brutal und unbesiegbar. *Sie ist besorgt, dass ich sie nicht so beschützen kann wie er.*

„Auch ohne meine Alpha-Macht kann ich dich beschützen. Das verspreche ich dir", sagte er bestimmt. „Trotz allem werde ich dir eine Waffe besorgen. Du solltest dich nicht nur auf meinem Schutz verlassen müssen."

Sie runzelte die Stirn, stand auf, ging zu ihm und legte ihre weiche Handfläche auf seine Wange. „Du weißt hoffentlich, dass ich dich nicht nach einer Waffe frage, weil ich dich anzweifle. Du warst heute unglaublich stark. Es ist einfach, sich auf die Magie in dir zu verlassen, um Menschen nach deinem

Willen zu beugen. Es braucht viel mehr Kraft, ihnen mit Respekt zu begegnen."

Hatte er das getan? Sicher war er sich nicht. Das Tier in ihm hatte sich gegen seine Entscheidung aufgelehnt, wollte herausgelassen werden. Indessen hatte sich seine menschliche Seite gefragt, ob er ein Feigling war.

Wir haben unsere Gefährtin beschützt, erinnerte ihn sein Wolf, der sein Bedürfnis nach einem Kampf bereits wieder vergessen hatte. Es war die menschliche Seite von ihm, die nicht vergeben, die nicht vergessen konnte.

Er drückte einen Kuss auf Melodys Handfläche und führte sie zurück zum Sofa. „Ich hoffe nur, dass sie mich genug respektieren und im Frühling die Hütte räumen."

„Könnten sie nicht Teil der Gemeinschaft sein, ohne dem Rudel beizutreten?" Sie nahm Platz und drehte sich ihm zu. „Menschen leben ohne die Notwendigkeit eines magischen Bundes zusammen. Solange alle miteinander auskommen, kann es doch nicht schaden, oder?"

Er fuhr mit den Fingern durch sein Haar. „Ich möchte ihnen keine falsche Hoffnung machen, dass ich sie am Ende ins Rudel aufnehme.“

„Es wäre schön, eine frischgebackene Mama in der Nähe zu haben“, flüsterte Melody und rieb eine Hand über ihren Bauch. „Da sie aus seinem Rudel geworfen wurden, wette ich, dass sie nicht viel für das Baby haben. Ich würde ihnen gerne helfen.“

Er runzelte die Stirn. „Du kennst nicht mal ihre Namen, Melody.“

„Na und? Sie ist eine verzweifelte Mutter – genau wie ich. Vielleicht könnte ich sie zu meiner Babyparty einladen und ein paar der Geschenke mit ihr teilen.“

Es ergab Sinn, dass sie sich Freunde wünschte, mit denen sie Erfahrungen teilte, aber das könnte die Grenzen dessen, was sein Rudel akzeptierte, verschieben. „Mhm. Ich bin mir nicht sicher, was Carmen davon halten wird.“

„Es kann nicht schaden, sie zu fragen.“ Melody nahm ihren Kakao.

Er öffnete den Mund und suchte nach einem Argument, konnte aber keins finden. Wenn sie es schaffte, Carmen auf ihre Seite zu bringen, würde auch der Rest des Rudels die Neuankömmlinge ohne Frage akzeptieren. Auf diese Weise musste er seine Alpha-Macht nicht benutzen.

Unsere Gefährtin ist weise, dachte sein Wolf zustimmend.

Er grinste und hoffte, dass sie sah, wie beeindruckt er von ihr war. „Also gut. Wenn Carmen zustimmt, versuchen wir es auf deine Weise."

Grinsend lehnte sie sich an ihn. „Ausgezeichnet. Ich werde noch heute mit ihr reden."

Er legte einen Arm um ihre Schultern. „Wenn du so weitermachst, wird das Rudel am Ende noch entscheiden, dass du einen besseren Alpha abgibst als ich."

Sie lachte und der warme, reichhaltige Klang erfüllte ihn mit Zufriedenheit. „Na ja, meine Eltern haben immer gesagt, dass der Mann das Oberhaupt der Familie ist, aber die Frau ist der Hals. Nur wenn sie sich bewegt, kann er den Blick in eine bestimmte Richtung drehen."

Glucksend küsste er sie auf den Haarschopf. Dieses Gespräch war überhaupt nicht so verlaufen, wie er es erwartet hatte. Melody hatte ihn nicht verurteilt, weil er sich geweigert hatte, seine Macht zu nutzen. Sie war zudem bereit, ihm zu helfen, Wege zu finden, es zu umgehen. Auch sie schien Interesse daran zu haben, das Rudel zu führen, wie es seine Eltern getan hatten. Als Partner. Jetzt mussten sie ihr nur noch eine Wölfin besorgen.

17

Die Schrotflinte lag schwer in Melodys Händen und sie begutachtete die Waffe ausgiebig. Ash zeigte auf die verschiedenen Teile und wiederholte die Notwendigkeit, ihren Finger vom Abzug fernzuhalten, bis sie tatsächlich schießen wollte. Die Waffe gehörte Carmens Ex, und als Ash gefragt hatte, ob sie sie sich ausleihen könnten, meinte Carmen, dass sie glücklich sei, sie aus dem Haus zu wissen.

„Lass mich dir zeigen, wie man sie lädt." Ash schob eine Patrone in die Kammer.

Melody wiederholte, was er getan hatte, und füllte das Magazin. Sie freute sich, zumindest diesen Teil verstanden zu haben.

Der Laut eines sich nähernden Flugzeugs beanspruchte ihre Aufmerksamkeit und sie hob den Blick. Das Fluggerät verlor über dem See an Höhe und es wurde deutlich, dass das Ziel darin bestand, zu landen. Ihre Brust fühlte sich plötzlich beengt an. Seit sie hier war, hatte sie nicht ein Flugzeug am Himmel gesehen. *Brennan hat mich gefunden.*

„Das ist das Postflugzeug", sagte Carmen, die neben dem Haus Holz stapelte. Sie zwinkerte ihr zu. „Mit Sicherheit voller Babygeschenke. Ich werde ihnen entgegenlaufen."

Ash packte den Lauf der Waffe, als wollte er sie ihr wegnehmen. „Melody, hörst du überhaupt zu?"

„Äh, ja." Melody schluckte.

„Sei nett, Ash", sagte Carmen, als sie auf dem Weg zum Schneemobil das Paar passierte. „Das Mädchen hat einen guten Grund, auf der Hut zu sein."

„Das Ding ist kein Spielzeug", presste er heraus.

Carmen schlug ihm gegen die Schulter. „Und sie ist kein Kind. Melody, wenn du jemals diesem Arschloch entkommen musst, das Postflugzeug nimmt im Notfall auch Passagiere mit."

Ash funkelte seine Schwester wütend an, als sie ihr Schneemobil startete, wandte sich jedoch schnell wieder Melody zu. „Es tut mir leid. Du verstehst aber, wie gefährlich eine Waffe sein kann, oder?"

„Ich bin vorsichtig. Das verspreche ich." Schließlich wollte sie niemanden verletzen oder gar töten.

Er nickte und trat zurück. „Also gut. Lass uns weitermachen. Gehörschutz aufsetzen. Dann kannst du deinen ersten Schuss auf das Ziel nehmen."

Als sie das Ende der Waffe gegen ihre Schulter legte, wie Ash es ihr gezeigt hatte, sah sie den Lauf nach unten zu der leeren Dose, die auf einem Schneehügel stand.

„Vergiss nicht, zu atmen", sagte Ash, die Stimme durch ihre Ohrenschützer gedämpft.

Melody atmete aus und betätigte den Abzug. Die Waffe knallte mit überwältigender Wucht gegen ihre Schulter und sie stolperte einen Schritt zurück. „Au!"

„Fantastisch!", sagte Ash.

„Habe ich getroffen?" Die Dose stand nicht länger auf dem Schneehügel, und es dauerte eine Sekunde, bis Melody sie einige Meter entfernt im Schnee entdeckte.

„Oh ja, das hast du. Jetzt nochmal."

Sie spürte den blauen Fleck, der sich an ihrer Schulter formte und presste die Zähne fest zusammen, als sie die Waffe erneut ansetzte und die zweite Dose als Ziel wählte – sie schoss daneben. Ihr Arm fühlte sich an, als hätte ihn jemand aus der Gelenkpfanne geschlagen, und ihre Ohren klingelten trotz des Gehörschutzes.

Carmen kehrte mit mehreren Paketen festgeschnallt auf ihrem Schneemobil zurück.

Ash fragte: „Brauchst du Hilfe?"

„Ich komme klar."

Er wandte sich wieder Melody zu. „Denk daran, den Schaft fest in der Schultertasche anzusetzen. Und versuche, nicht an den Rückstoß zu denken. Das beeinflusst deinen Schuss."

„Du hast leicht reden. Schließlich bist du es nicht, der wiederholt misshandelt wird." Sie legte eine Hand auf ihren zuckenden Bauch. „Und jetzt hat das Baby auch noch Schluckauf."

Besorgnis erfüllte seinen Blick. „Wenn du willst, können wir aufhören."

Nein, Melody war entschlossen, das Ziel noch einmal zu treffen.

Carmen kam wieder nach draußen und beobachtete, wie sie die nächsten zwei Versuche daneben setzte. „Mein Ex sagte immer: Du bist ein Weidenast, keine Wand", kommentierte sie in einer tiefen, nasalen Stimme. „Das hat mich verrückt gemacht, aber es hat geholfen."

Melody blinzelte gegen die grelle Sonne an, die vom Schnee reflektierte. Sie versuchte, sich selbst als einen Weidenast zu sehen, und betätigte den Abzug. Der Schaft zuckte erneut, aber dieses Mal schaffte sie es, sich der Bewegung anzupassen. Die Dose flog in die Luft und landete mehrere Meter entfernt im glitzernden Schnee.

„Jaaa!", jubelte Carmen.

Melody grinste. „Dein Ex mag ein Bastard gewesen sein, aber wie man schießt, wusste er."

„Ich denke, du hast den Dreh raus." Ash nickte zufrieden und lief zu dem Hügel, um die Ziele erneut aufzustellen.

Das Summen des Postflugzeugs, das gerade abhob, war zu hören, und Melody senkte die Schrotflinte, um zu beobachten, wie es über der Baumkrone aus ihrem Sichtfeld verschwand. *Er kann mich nicht finden.* Ohne vorherige Verbindung zu Ash oder diesem Rudel gab es keinen Grund, warum Brennan jemals daran denken würde, hier nach ihr zu suchen.

Nichtsdestotrotz fiel es ihr schwer, ihre Vorsicht abzuschütteln.

Melody wandte sich der Sonne zu, wärmte sich auf, während sie nach der nächsten Runde Patronen in ihrer Manteltasche kramte. Weder Carmen noch Ash hatten sich heute die Mühe gemacht, Jacken zu tragen, aber ihre Nase kribbelte vor Kälte, und sie musste regelmäßig eine andere Seite ihres Körpers der Sonne zuwenden, um nicht zu einem Eisblock zu werden.

Ein Schneemobil näherte sich und Melody erkannte den Mann als ein Rudelmitglied, das sie vor ein paar Tagen kennengelernt hatte. An seinen Namen konnte sie sich jedoch nicht erinnern.

„Hey, Ash, ich muss mit dir reden!", brüllte der Mann über den brummenden Motor. Als er anhielt, fielen ihm die braunen Haare in eines seiner Augen.

Ashs Lächeln verblasste. „Ich bin gleich wieder da, Ladys."

Die beiden Männer liefen um das Haus herum.

„Wer ist dieser Kerl gleich nochmal?", fragte Melody.

„Yates." Carmen presste die Lippen zusammen. Sie schien wenig erfreut. „Ich bin froh, dass Ash wieder hier ist und sich um ihn kümmert."

„Was er wohl will?"

„Frag mich." Carmen zuckte mit den Schultern. „Ich rate dir aber, dich von ihm fernzuhalten. Er ist unberechenbar."

Nickend fragte sich Melody, ob Ash deshalb mit dem Mann auf Abstand von ihr gegangen war. Abgesehen von dem Paar am Bach hatte er sonst nie so reserviert gewirkt. Was sie daran erinnerte ... „Ähm, Carmen, kann ich dich um einen Gefallen bitten?"

„Nein."

Melody erstarrte. Was hatte sie falsch gemacht? Sie hob den Blick und traf auf das Schmunzeln ihrer Schwägerin. Carmen neckte sie nur. Erleichtert stellte Melody fest: *Sie behandelt mich wie Ash. Geplänkel wie bei Geschwistern.* Bei dem Gedanken kamen ihr die Tränen. Da sie nicht rumheulen wollte, konzentrierte sie sich auf das eigentliche Thema: „Ich werde trotzdem fragen. Ich habe eine

Freundin, die ich gerne zur Babyparty einladen möchte."

Carmen spitzte die Lippen und legte den Kopf auf die Seite. „Ich dachte, niemand wüsste, dass du hier bist."

„Ich habe sie gerade erst kennengelernt. Sie hat kürzlich ihr Baby bekommen." Ein breites Lächeln formte sich auf Melodys Lippen und sie hoffte, diese Freude auf Carmen zu übertragen.

Es war deutlich zu sehen, dass Carmen Fragen hatte. „Es gibt keine Neugeborenen im Rudel."

„Wir sind dem Paar begegnet, das in der Hütte am Bach wohnt."

Carmen starrte sie an und schüttelte ruckartig den Kopf. „Oh, zum Teufel nochmal, auf keinen Fall. Sie gehören zu Quentins Rudel."

„Nein, das tun sie nicht. Zumindest nicht mehr." Melody sicherte die Waffe, bevor sie den Schaft auf dem Boden abstellte. „Wie es scheint, hat Quentin die beiden verbannt, weil die Frau ein Mensch ist."

„Der Grund ist mir egal; sie müssen verschwinden." Carmen verschränkte die Arme vor der Brust. „Es sei denn natürlich, sie wollen sich unserem Rudel anschließen.“

Melody dachte darüber nach, Carmen zu erzählen, dass der Mann dazu bereit wäre, Ash die Treue zu schwören. Im gleichen Atemzug müsste sie ihr jedoch verraten, warum Ash dies abgelehnt hatte, und er schien nicht zu wollen, dass jemand davon wusste. *Ash wird es seiner Schwester sagen, wenn er dazu bereit ist.* „Ich habe Ash überzeugt, sie bis zum Frühling bleiben zu lassen. Sie tun doch niemandem weh.“

„Sie bleiben zu lassen, ist ein Fehler. Das schafft einen Präzedenzfall. Bevor du dich versiehst, wird jeder einsame Wolf aus der Gegend vor unserer Haustür stehen und uns um Almosen anflehen. Und wenn sie nicht an unser Rudel gebunden sind, schulden sie uns gar nichts. Außerdem kenne ich diese Art von Mann. Die ersten Monate weiß er nicht, wo er mit seiner Liebe für sein Kind hin soll, aber irgendwann wird auch er seine Familie verlassen und zu seinem Rudel zurückkehren.“

Melody würde am liebsten etwas sagen, hielt sich jedoch zurück. Mit Konfrontation kam sie bei Carmens starker Persönlichkeit nicht weiter. „Du kennst ihn doch gar nicht. Gib ihm eine Chance. Sie sind ja selbst noch Kinder."

„Die Sache gefällt mir nicht." Carmens Blick verfinsterte sich.

Melody entließ den Atem. Ash behielt Recht. Carmen umzustimmen, würde nicht einfach werden. Das bedeutete aber nicht, dass Melody nachgeben musste. „Du hast Ash angefleht, zurückzukommen und seine Position als Alpha zu akzeptieren." Ihr Herz setzte bei ihren eigenen kühnen Worten einen Schlag aus, sie jedoch hielt stand und starrte der Frau direkt in die Augen. „Wenn du das so sehr willst, dann erlaube ihm, seinen Job zu machen. Okay?"

Melody sah in Carmens Blick, dass sie nachgab. Widerwillig, aber sie nickte. „Na gut. Sobald er sie verlässt oder es Ärger gibt, werde ich meine Meinung dazugeben."

Das Adrenalin schoss aus Melody heraus, und die Waffe fühlte sich plötzlich zehnmal so schwer an wie zuvor. „Ich denke, ich bin mit dem Üben für heute fertig." Die Babyparty fand erst in ein paar Wochen statt. Sie hatte also noch ein bisschen Zeit, Carmens

Herz zu erweichen. „Meine Schulter bringt mich um."

„Ja, ich erinnere mich an diesen Teil. Ich habe nie verstanden, warum mein Ex es so genoss, Waffen zu sammeln."

In der Hoffnung, die Stimmung ein wenig aufzuhellen, sagte Melody: „Vielleicht, um einen kleinen Penis zu kompensieren?"

Carmen schnaubte. „Mit Sicherheit! Komm rein und ich mache uns etwas zum Mittag."

„Ash! Carmen will uns füttern!" Melody rief nach ihm, als sie die beiden Männer näherkommen sah. Sie wusste, dass er sich keine Mahlzeit seiner Schwester entgehen lassen würde.

Yates marschierte an ihnen vorbei und nickte ihnen einmal zu, bevor er auf sein Schneemobil kletterte und losfuhr. Besorgnis zeichnete sich auf Ashs Gesicht ab.

„Alles okay?", fragte Melody, als Carmen aussprach: „Was ist denn schon wieder mit Yates?"

Ash zwang ein Lächeln auf seine Lippen und fuhr mit den Fingern durch seine Haare. „Nichts weiter. Er hat mich nur daran erinnern wollen, dass die nächste Zahlung bald fällig ist. Dafür muss ich morgen nach Anchorage."

Melody runzelte die Stirn. Seine Worte wirkten sich auf ihren Magen aus. In dem Moment fiel ihr wieder ein, dass er sie für seinen Beruf ab und zu alleine lassen musste. „Wie lange wirst du weg sein?"

„Ich bin mir nicht sicher. Ein paar Tage schätze ich."

Carmen legte einen Arm um Melodys Schultern. „Mach dir keine Sorgen. Da du jetzt hier bist, wird es ihm nicht möglich sein, dem Rudel lange fernzubleiben."

Melody lehnte sich an Carmen. „Können wir das Angebot zum Mittagessen verschieben?" Sie ging zu Ash und nahm seine Hand. „Ich würde gerne etwas Zeit mit Ash verbringen, bevor er sich aufmacht."

„Natürlich! Geht und amüsiert euch. Und du kannst gerne vorbeikommen, wenn er weg ist."

Ash zog Melody zu den Schneemobilen. „Danke, Carmen."

Schweren Herzens folgte Melody Ash nachhause. *Ich schätze, die Flitterwochen sind vorbei.*

Als Ash seine Tasche packte, versuchte er, nicht wütend zu sein – wütend auf sich selbst, auf Yates, auf die Welt im Allgemeinen. Yates' Geschäft hatte sich erledigt, und die Zahlung der Hypothek war bereits überfällig. *Ich hätte es besser wissen sollen, als darauf zu vertrauen, dass sich das Problem von alleine löst.* Es hatte sich wirklich gut angefühlt, seine finanziellen Sorgen zu vergessen und sich nur auf Melody zu konzentrieren.

Im Moment saß sie im Schlafzimmer auf dem weichen Sessel direkt neben dem Holzofen. „Ich werde dich vermissen", flüsterte sie.

„Das höre ich gern", sagte er und warf Socken und Unterwäsche in die Tasche. „Ich werde mich beeilen, versprochen. Wenn du dich einsam fühlst, kannst du zu Carmen gehen. Sie würde sich über Gesellschaft von dir sicher freuen."

„Nein, nein, Carmen hat genug um die Ohren. Ich komme schon klar." Sie hielt das lila Garn und die Stricknadeln hoch, die sie in einem der Schlafzimmer gefunden hatte. „Ich werde herausfinden, wie man eine Babymütze strickt und dabei Liebesfilme schauen."

Lächelnd ging er zu ihr, stützte sich mit beiden Händen auf den Armlehnen ab und gab ihr einen leidenschaftlichen Kuss. „Du bist unglaublich. Ich gehe erst bei Tagesanbruch. Brauchst du etwas, bevor ich abreise?"

Mit den Fingerspitzen fuhr sie über seinen Hals zu seiner Brust. „Ein paar weitere Küsse wären schön."

Das musste sie nicht zweimal sagen. Er warf seine Tasche auf den Boden, trug Melody zum Bett und machte Liebe mit ihr, bis die Dunkelheit nicht mehr aufzuhalten war. Sie schlief in seinen Armen ein und er streichelte mit den Fingerknöcheln über ihren sanft geschwollenen Bauch. Indessen dachte er daran, wie es sich wohl nun anfühlen würde, wieder Aufträge anzunehmen. Er freute sich vielleicht nicht darüber, sie zu verlassen, aber er würde tun, was getan werden musste, um sie glücklich zu machen.

Als das violette Licht der Morgendämmerung den Himmel erhellte, stand er auf, kochte sich einen Kaffee und schrieb Melody eine Liebesnotiz, die er im Kühlschrank auf ihren liebsten Jogurt legte. Wenn er sich auf einen langen Tag einstellte, wäre er vielleicht in der Lage, ein oder sogar zwei Kopfgelder einzusacken. Anschließend könnte er das Geld bei der Bank einzahlen und bereits morgen wieder bei Melody sein.

Bei seinem Flugzeug angekommen, entdeckte er Yates sitzend auf der Anlegestelle. „Kann ich mitfliegen? Ich möchte auf der Straße verkaufen, was ich habe. Damit ich wenigstens etwas Geld damit mache."

Ash hatte kein großes Interesse daran, dieses Grasgeschäft voranzutreiben, aber Yates würde es durchziehen, ob er half oder nicht, also zuckte er mit den Schultern. „Sicher. Erwischen sie dich, werde ich dich nicht rausholen. Zudem weiß ich nicht, wie lange ich in Anchorage bleiben werde."

„Das ist okay. Ich will meine Sorgen ohnehin mit ein paar Lapdances ausblenden." Yates warf seinen

Rucksack, der nach Gras stank, hinter die Sitze und kletterte ins Flugzeug.

Fünfundvierzig Minuten später kamen sie in Birchwood an und beförderten ihre Taschen auf die Ladefläche seines Pick-ups.

Yates fragte: „Würdest du mich in der Innenstadt absetzen?"

„Fahr du. Ich muss Anrufe tätigen."

Als sie die Stadt erreichten, hatte Ash ein paar Aufträge, um die er sich kümmern konnte. Nicht einer davon versprach eine große Auszahlung. Er müsste mehrere erfolgreich zu Ende bringen, sodass er die Raten für die Hypothek zusammenbekam.

Mit einem schweren Seufzer ließ er Yates raus und machte sich dann auf den Weg zu einem indischen Restaurant in Midtown, wo seine erste Zielperson zuletzt gesehen worden war. Dies versprach ein langer Tag zu werden.

Ash brauchte drei Tage, um die Hälfte von der nächsten Zahlung zusammenzubekommen. Yates meldete sich und erzählte ihm, dass er nicht nur um einen Gefängnisaufenthalt herumgekommen war, sondern auch einen Käufer gefunden hatte. Gemeinsam hatten sie genug Geld für die monatliche Rate, um Vorräte zu kaufen und das Flugzeug zu betanken.

Langsam sah er das Licht am Ende des Tunnels.

Als sie zurück nach Birchwood zum Flugplatz fuhren, die Nachmittagssonne hinter ihnen, läutete sein Telefon.

Er machte den Lautsprecher an. „Ash hier."

„Hey. Wo bist du?"

Ash erkannte die Stimme des Mannes nicht, denn er hatte viele Kontakte. „Ich bin in Anchorage. Mit wem spreche ich?"

Ein leises Kratzen war zu hören, als würde die Person das Telefon bewegen. „Ich bin's. Talvin. Wie lange bist du in der Stadt? Ich brauche deine Hilfe bei einem Fall."

Talvin? Geistesabwesend starrte er auf die schmutzigen Rücklichter des Autos vor ihnen. Es war für Kopfgeldjäger nicht ungewöhnlich, sich zusammenzuschließen und das Geld zu teilen. Er musste aber zugeben, dass die Anfrage von dem

Fuchswandler merkwürdig war. Schließlich hatten sie bisher nie zusammengearbeitet – ganz im Gegenteil. *Vielleicht ist er Melody immer noch auf der Spur.* Bei dem Gedanken jagte ein Schauer über seinen Rücken. „Um welchen Fall geht es?"

„Es ist leicht verdientes Geld, wenn du zustimmst. Komm um vier Uhr in das Gebrüder-Kaladi-Café und ich werde dir die nötigen Informationen geben."

Er hatte kein Interesse daran, mit Talvin gemeinsame Sache zu machen. Falls der Fuchswandler allerdings weiterhin für Brennan arbeitete, wäre es gut, herauszufinden, was er wusste. Er sah auf die Uhr am Armaturenbrett – noch eine Stunde bis zum Treffen. „Okay, bis gleich."

Yates warf ihm einen fragenden Blick zu. „Was war das?"

„Ich muss noch eine Sache erledigen, bevor wir nachhause fliegen." Er legte das Handy in den Getränkehalter des Pick-ups und nahm die Ausfahrt zurück in die Stadt. Er hatte das Rudel bereits gewarnt, nach verdächtigen Personen Ausschau zu halten, also erklärte er Yates alles über Talvins Beteiligung.

„Wie kann ich helfen?"

„Ich bin nur hinter Informationen her. Sollte nicht lange dauern.“

Yates nickte und machte es sich auf seinem Sitz bequem. „Geht klar.“

Sie fuhren auf den Parkplatz des Einkaufszentrums, zu dem das Café gehörte und betraten das Gebäude. Sofort umhüllte sie der Duft nach frisch geröstetem Kaffee und das Summen von Gesprächen. Eine Schlange hatte sich vor der Vitrine mit den Backwaren geformt und die Tische vor dem Café waren alle voll. Yates stellte sich für Kaffee an, während Ash einen Bereich mit mehr Sitzmöglichkeiten fand. Er wählte einen Tisch und wartete.

In dem Moment entdeckte er eine vertraute wieselartige Person, die sich über einen To-Go-Becher beugte, ihr Blick auf dem Handy, der Rücken den orangenen Wänden zugewandt. *Talvin.*

Ash konnte das Treffen also schnell hinter sich bringen und nachhause fliegen. Er fand den Weg an den überfüllten Tischen vorbei und legte die Hände auf die Stuhllehne gegenüber von dem Fuchswandler. „Hey.“

Talvin zuckte zusammen und ließ fast sein Handy fallen. „Du bist früh dran." Sein Blick flog zu einem nahegelegenen Tisch, an dem zwei weibliche Teenager saßen. Sie hatten die Köpfe zusammengesteckt, schauten auf ein Handy und kicherten bei dem, was sie auf dem Bildschirm sahen.

„Du auch." Ash zog den Stuhl zurück und setzte sich. Er mochte es nicht, mit dem Rücken zum Ausgang zu sitzen, aber er hoffte, dass das Treffen nicht lange dauern würde.

Sogar über dem bitteren Kaffeegeruch konnte er in dem Schweiß des Fuchswandlers Nervosität wahrnehmen. Das war nicht überraschend. Bei dem letzten Zusammenstoß war Ash nicht gerade nett gewesen. „Eine Sekunde", sagte Talvin und tippte etwas in sein Handy.

„Ich bin ein viel beschäftigter Mann, Talvin. Was willst du?"

Talvin legte das Telefon beiseite, leckte sich nervös über die Lippen und neigte den Kopf, was zu einer Grimasse führte, die an Verstopfung erinnerte. „Woran arbeitest du gerade?"

Ash stieß sein Kinn nach vorn. „Ich bin nicht hier, um über meine Arbeit zu sprechen. Du meintest, du hättest etwas für mich."

Talvin schluckte schwer. „Äh, ja." Mit einer Hand rieb er sich über den Nacken. „Es geht, ähm, um das letzte Kopfgeld. Die Sache mit dem Pfandhaus?"

Es geht also um Melody. Ash lehnte sich vor. „Fahre fort."

„Sie wird noch immer gesucht und die Prämie wurde angehoben."

„Okay." Ungeduldig legte Ash den Kopf auf die Seite. „Was hat das mit mir zu tun?"

Jemand hinter Ash erhob sich und Talvins Aufmerksamkeit wanderte zu den Aufbruchslauten. Ash sah sich um. Die Mädchen am Tisch hinter ihm wollten gehen. Ein Mann in einem Anzug legte seinen Laptop auf den Tisch, noch bevor sie ihre Tassen abgeräumt hatten. An der Kasse standen zwei Polizisten, die beide zu Ash und Talvin sahen.

Ein merkwürdiges Kribbeln jagte Ash über den Rücken. Er mochte keine Cops, aber er wusste, dass es verdächtig war, zu lange in ihre Richtung zu starren und so wandte er sich wieder zu Talvin.

Talvin war aufgestanden und hatte sich mit geballten Fäusten direkt zwischen Ash und dem Ausgang positioniert. „Ich will, was du mir schuldest."

„Bitte was?" Ash sah ihn finster an.

„Du hast mich schon gehört, Arschloch. Du hast mich um viel Geld gebracht."

Der Mann musste sich auf die Prämie für Melody beziehen. Alles andere ergab keinen Sinn. Aber warum ging er in der Annahme, dass er Ash dazu bringen könnte, ihm Geld zu geben?

Ash stand auf und schubste Talvin aus dem Weg. „Ich habe keine Ahnung, wovon du redest."

Dann tat der Fuchs das Unerwartete. Er näherte sich Ash herausfordernd. „Schubs mich nicht! Du bist ein Betrüger und ein Lügner! Und jetzt gib mir mein Geld!"

Die Gespräche verstummten und jedes Augenpaar im Café war auf sie gerichtet. Der Instinkt schwoll in Ash an, der Drang, diesem Narren zu befehlen, sich zurückzuziehen. Sein Wolf wollte dem Mann das Gesicht abreißen, aber er musste ruhig bleiben. „Geh mir verdammt nochmal aus dem Weg", knurrte er.

Plötzlich stand Yates neben ihm. Er packte Talvin an der Schulter und teilte einen Schlag auf seine Nase aus. Blut spritzte über die Holzstühle und Tische.

„Was zum Teufel, Yates?", presste Ash heraus. Eine Schlägerei hatte er nun wirklich vermeiden wollen.

„Es ist eine Falle, Ash. Flieg nachhause. Los. Geh schon." Yates holte gegen den Kiefer des Fuchswandlers aus.

Die Leute um sie herum schrien, Stühle kratzten über den Boden. Die Polizisten, die Ash zuvor gesehen hatte, mischten sich ein und rangen Yates zu Boden.

„Nicht ihn!" Talvin legte die Hand auf seine blutende Nase. „Den anderen!"

Ash trat einen Schritt zurück. Noch einen. Dann wirbelte er herum und raste zur Tür. *Eine Falle.* Talvins Ziel war es gewesen, dass Ash verhaftet wurde. Warum? Und woher hatte Yates das gewusst? Er hatte keine Zeit, Fragen zu stellen. Er wusste nur, dass er so schnell wie möglich nachhause musste.

Melody steckte in Schwierigkeiten.

Melody hatte Ash gesagt, dass es kein Problem für sie wäre, Zeit allein in der Hütte zu verbringen. Nach zwei Tagen, in denen sie nichts anderes gemacht hatte, als wenig beeindruckende Babymützen zu stricken, änderte sie ihre Meinung. Sie vermisste Ash schmerzlich, und seine nächtlichen Anrufe trugen nicht wirklich dazu bei, den Schmerz zu lindern. Sie vermisste ihn und wusste, dass es sich dabei um den Gefährtenbund handelte. Ein Teil von ihr war froh, dass sie den Bund endlich fühlen konnte, während der andere damit beschäftigt war, zu leiden.

Sie musste mehr tun, als alleine herumzusitzen und Trübsal zu blasen.

Sie sammelte die Babymützen zusammen und holte einen der Aufläufe aus dem Gefrierschrank, den das Rudel ihnen als Willkommensgeschenk gegeben hatte. Anschließend zog sie sich an, verließ die Hütte und startete ihr Schneemobil, um sich auf den Weg zu der abgelegenen Hütte zu machen, in der das Paar mit dem Baby wohnte. Essen war immer ein passendes Geschenk, oder? Sie wusste nicht, warum sie einen so starken Drang hatte, ihnen zu helfen, aber es konnte nicht geleugnet werden.

An der Hütte angekommen, antwortete niemand auf ihr Klopfen. Sie trat einen Schritt zurück und sah sich um. Verschiedene Kleidungsstücke hingen an der Wäscheleine und Rauch trat aus dem Schornstein. Sie klopfte erneut, drückte dann ihr Ohr an die Tür, konnte aber nichts hören. „Hallo? Ich bin's. Melody. Wir haben uns vor ein paar Tagen kennengelernt. Ich bringe Willkommensgeschenke!"

Immer noch keine Reaktion.

Unsicher, ob wirklich niemand zuhause war oder ob sie ignoriert wurde, ließ sie die Geschenke vor der Haustür stehen und machte sich auf den Weg zu Carmen. Sie hoffte, dass dort jemand zuhause war.

Sie parkte ihre Maschine in der Nähe der Hütte, klopfte an die Haustür und fühlte sich plötzlich etwas unbehaglich, weil sie ohne Ankündigung vorbeikam. Rory öffnete die Tür. „Hallo, Tante Melody."

Sie trat ein und der köstliche Duft nach Knoblauch und Sesamöl schwappte über sie hinweg. Sofort lief ihr das Wasser im Mund zusammen. „Oh, mein Gott, was kocht deine Mutter?"

„Keine Ahnung. Etwas Merkwürdiges." Rory ließ sie zurück, sodass sich Melody in Ruhe ausziehen konnte, und rief: „Mama! Tante Melody ist hier!"

Melody ging in die Küche zu Carmen, die gerade Soße über knuspriges Hähnchen goss. Es sah aus und roch genau wie das Sesamhuhn aus Melodys liebsten chinesischem Restaurant. „Du hast doch nicht ..."

Carmen lachte. „Mir ist zu Ohren gekommen, dass es dein Favorit ist. Ich wollte es vorbeibringen und sehen, wie es dir geht, aber jetzt, wo du hier bist, können wir alle zusammen essen." Sie hob die Schüssel an. „Eins sag ich dir: Hätte ich niemals Erwachsene zu Gast, würden wir hier nur Mac &

Cheese aus der Box und Hotdogs futtern. Kannst du den Reis nehmen?"

Mit knurrendem Magen schnappte sich Melody den Reiskocher und folgte Carmen ins Esszimmer.

„Kinder, das Essen ist fertig!", brüllte Carmen und stellte die Schüssel auf den alten Holztisch. Sie zeigte auf den Platz am anderen Ende. „Setz dich ruhig hin. Ich hole die Teller."

Der Laut von winzigen herannahenden Füßen trat an ihre Ohren. Alle drei Kinder stürmten gleichzeitig in das Zimmer. Sie kletterten auf ihre jeweiligen Stühle und betrachteten misstrauisch die goldbraunen Huhnklumpen.

Rory rümpfte die Nase. „Was ist das?"

„Das ist Sesamhuhn", antwortete Melody und half Rebel in ihren Kindersitz. „Ihr werdet es lieben."

„Ich mag es nicht", sagte Roxie und verschränkte die Arme vor der Brust. „Ich will Erdnussbutter."

„Ich auch", stimmte Rebel ein und imitierte die verschränkten Arme ihrer älteren Schwester.

Carmen kam zurück und verteilte die Teller. „Jeder wird zumindest einen Bissen probieren."

Melody öffnete den Reiskocher und schöpfte dampfenden Reis heraus. „Mögt ihr Reis?"

„Ja, mit Butter!" Roxie sprang von ihrem Stuhl und verschwand in der Küche.

Carmen seufzte und schrie ihrer ältesten Tochter hinterher: „Du bekommst erst Butter, nachdem du das Gericht probiert hast."

Melody nahm den ersten Bissen. Bei dem Geschmack der knusprigen Panade umhüllt mit herzhafter Soße wäre sie beinahe in Ohnmacht gefallen. Köstlich. „Noch nie in meinem Leben habe ich etwas so Leckeres gegessen."

„Siehst du? Du solltest es versuchen", sagte Carmen und versuchte, eine schmallippige Rebel davon zu überzeugen, ihren Mund zu öffnen.

Rory hob ein Stück Hähnchen mit seinen Fingern auf und leckte daran. „Es ist irgendwie süß."

Melody gönnte sich gerade einen zweiten Bissen, als das Brummen eines Flugzeugs sie an die Decke blicken ließ. Sie schluckte und stand auf. „Ash!"

Hatte er versucht, sie anzurufen? Der Empfang hier draußen war nicht der Beste, und sie hatte lange nicht auf ihr Handy gesehen. Sie rannte zu ihrem

Mantel und ihren Stiefeln, stürmte aus der Tür und in die kalte Winterluft.

Er musste es einfach sein.

„Tante Melody, warte auf mich!“ Roxie eilte ihr nach. Melody kletterte bereits auf ihr Schneemobil, als Roxie noch mit ihrer Jacke kämpfte. „Ich will mitkommen.“ Dem flehenden Blick in den Augen der Kleinen konnte sie nicht widerstehen.

Melody hatte noch nie zuvor einen Passagier mitgenommen, aber sie hatte Carmen dabei beobachtet. Schwer hatte es nicht ausgesehen. Sie sah zu Carmen, die auf der Türschwelle stand. „Ist das für dich in Ordnung?“

„Geh nur.“ Carmen gab ihre Zustimmung.

„Okay, dann komm her“, sagte Melody zu Roxie.

Das Mädchen kletterte hinter ihr auf das Schneemobil. Melody hatte von den Kindern gelernt, dass nur Babys vorne fuhren. Als sie Ash daraufhin konfrontiert hatte, war er errötet und hatte zugegeben, dass er eine Ausrede gebraucht hatte, um sie in den Armen zu halten. *Gott, ich bin so froh, dass er zurück ist.* Sie freute sich nicht darauf, wenn seine Aufträge länger als ein paar Tage dauerten.

Das Mädchen klammerte sich an ihren Mantel und so gab Melody Gas und fuhr zum See. Sie hob den Blick zu dem bewölkten Himmel. Kein Flugzeug zu sehen, aber die Motorenlaute waren weiterhin zu hören, wenn auch etwas leiser, als würde es nach der Landung noch ausrollen. Darauf bedacht, Roxie nicht zu verlieren, folgte sie dem Pfad durch die Bäume und beschleunigte erst, als sie den See sah. Ein Flugzeug stand an der Anlegestelle und ihr Herz quoll vor Freude über. Es dauerte nicht lange, bis sie erkennen musste, dass es sich nicht um Ash handelte. Dieses Flugzeug war größer und gelb, nicht blau. Ihre Stimmung kippte. Es war wahrscheinlich ein anderes Postflugzeug. Carmen hatte sich über das letzte beschwert, da die Pakete recht zerfleddert angekommen waren. Vielleicht war dies nun ein neuer Pilot.

Sie nahm Geschwindigkeit heraus, stoppte und entdeckte zwei Männer, die das Flugzeug an der Anlegestelle sicherten. Mit Roxie an Bord konnte sie keine Pakete mitnehmen, aber sie wollte die Piloten zumindest wissen lassen, dass bald jemand kommen würde, um ihnen die Ladung abzunehmen. Ein Mann richtete sich auf und drehte sich ihr zu.

Das Sesamhuhn stieg ihr die Kehle nach oben.

Sie erkannte sein Gesicht.

Er war aus ihrem Rudel.

Von Brennans Rudel.

Adrenalin schoss durch ihre Venen und sie wies Roxie über ihre Schulter in einer panischen Stimme an: „Festhalten!"

In einem weiten Bogen wendete sie das Schneemobil und lehnte sich in die Kurve. Sie mussten hier weg, mussten ein sicheres Versteck finden. Roxie klammerte sich fest an sie, aber das Mädchen würde von der Maschine fallen, wenn Melody zu schnell fuhr. Sie drückte ihre Ellbogen gegen ihre Seiten, klemmte damit Roxies Hände ein und betete, dass sie das vor einem Sturz bewahrte.

Als sie Fahrt aufnahm, schoss panische Verzweiflung durch ihre Adern. Ash hatte ihr das Gefühl gegeben, sicher zu sein, aber sie hatte immer gewusst, dass Brennan sie eines Tages finden würde. Nun war es passiert, sogar hier draußen in der Wildnis. Sie hätte ihre Schutzmauer nicht herunterlassen dürfen. Die

Waffe befand sich in ihrer Hütte. Um dorthin zu gelangen, müsste sie aber wieder an dem Flugzeug vorbeifahren.

Carmen und die anderen Rudelmitglieder würden versuchen, sie zu verteidigen, das wusste sie. Das durfte Melody nicht zulassen. Auf keinen Fall würde sie das Risiko eingehen, dass jemand von ihnen verletzt wurde. Mindestens zwei von Brennans Betas waren im Flugzeug gewesen. Mit Sicherheit waren mehr seiner Männer in der Nähe – inklusive Brennan. Wenn Melody sie nicht aufhielt, gäbe es ein Blutbad.

Es gab nur eine Lösung: Sie musste sich dem Monster ausliefern.

Ihr Magen rebellierte, als sie sich der Abzweigung zu Carmens Haus näherten. Dort konnte sie Brennan nicht hinführen. Wenn sie es schaffte, ihn wegzulocken, könnte sie vielleicht das Rudel raushalten. Sie hielt an. Von hier aus könnte Roxie zu Fuß nachhause gehen.

„Lauf nachhause, Roxie." Melody löste die Finger des Mädchens von ihrem Mantel. „Sag deiner Mutter, sie soll drinnen bleiben und die Tür abschließen."

„Was ist los, Tante Melody?" Roxie kletterte vom Schneemobil. „Sind diese Männer böse?"

„Das sind sie, aber ich werde mich um sie kümmern. Los! Geh!"

Der verängstigte Blick des Kindes fegte an Melody vorbei – zu etwas, das sich hinter ihr abspielte.

Melody drehte sich um und entdeckte einen vertrauten schwarzen Wolf, der mit gefletschten Zähnen direkt auf sie zurannte. *Brennan.* Ihre Brust verengte sich und ihr Atem stockte. Zwei weitere große Wölfe hingen ihm an den Fersen. „Scheiße! Geh, geh, geh, Roxie. Lauf weg!"

Das Mädchen wirbelte herum und hastete durch den Wald.

Melody drehte den Gashebel und die Maschine zuckte mit so viel Kraft nach vorn, dass sie fast den Griff an dem Lenker verloren hätte. Auf ihrer Flucht jagte sie den Schnee in die Luft. Ihr Plan war es, ihr altes Rudel von dem bewohnten Gebiet wegzuführen. Sie warf einen Blick hinter sich, um sicherzustellen, dass sie ihr noch folgten.

Ein Wolf hatte sich von ihnen getrennt und jagte nun Roxie.

„Nein!"

Entschlossen gab sie Gas und wäre beim Wenden beinahe umgekippt. Schnell hatte sie das Schneemobil wieder unter Kontrolle und raste direkt auf die zwei Wölfe zu. Sie hatte vielleicht keine Waffe, aber das bedeutete nicht, dass sie hilflos war. Wenn nötig, würde sie jedes einzelne Mitglied von Brennans Rudel überfahren.

Mit dem Blick auf Brennan gab sie Zähne knirschend erneut Gas. Die Maschine heulte und übertönte das Blut, das in ihren Ohren rauschte.

Ohne die Augen von dem Mann zu nehmen, der sie geschlagen und vergewaltigt hatte, brüllte sie in den Wind: „Ich komme, du Arschloch!"

Der kalte Wind führte zu tränenden Augen und beeinträchtigte ihre Sicht. Davon ließ sie sich jedoch nicht beeinträchtigen; sie fuhr weiter, schneller und immer schneller. Sie wollte diese Sache zu Ende bringen. Für immer.

Der andere Betawolf lief neben ihr her, seine Krallen gruben sich bei seinen langen Schritten in den tiefen Schnee.

Konzentriere dich auf Brennan. Er war der Schlüssel. Eliminierte sie ihn, würden sich die anderen hoffentlich zurückziehen.

Schwarzes Fell füllte ihren Tunnelblick. Sie wappnete sich für den Aufprall.

Im letzten Moment setzte Brennan zum Sprung an und er flog über ihren Kopf hinweg. Seine Klauen streiften ihre Mütze, rissen sie ihr vom Kopf, was sie genug verunsicherte, sodass sie beinahe von der Maschine gefallen wäre.

Verzweifelt klammerte sie sich an den Lenker.

Verdammt. Nun stand Brennan mit seinen Betas hinter ihr. Sie musste sie ausschalten, damit sie Carmen und den Kindern nicht wehtaten. Sie ließ vom Gas ab und wendete erneut. Doch ihren Plan konnte sie nicht mehr in die Tat umsetzen: Schon kamen die Betas und näherten sich ihr von der Seite. Ein Wolf war rotbraun, der andere schwarz mit hellen Stellen.

Sie schaffte es nicht, zu fliehen, bevor einer von ihnen angriff und sie vom Sitz riss.

Sie landete so hart auf dem Schnee, dass es ihr den Atem raubte. Während ihre Maschine ohne sie weiter fuhr, rollte sie sich stöhnend auf den Rücken. Ein Schatten schob sich vor den grauen Himmel, und der Atem eines riesigen, sabbernden Wolfes wehte ihr ins Gesicht.

Brennan.

Heißer Speichel tropfte von seiner Zunge.

Für einen Augenblick regte er sich nicht. Sie war sich sicher, dass er ihr die Kehle herausreißen würde.

Dann, in einem Funkenregen, der hell genug war, dass sie die Augen zusammenkneifen musste, wechselte er zu seiner menschlichen Form. Brennan erhob sich, nackt und haarig und von der Jagd erregt. „Das Spiel sollten wir öfter spielen, Gefährtin. Normalerweise bist du ja leider eine Spaßbremse."

Galle stieg ihr die Kehle hoch. „Du bist nicht mein Gefährte."

Sein Blick glitt zu ihrem Bauch und seine Nasenlöcher blähten sich auf. „Du trägst mein Kind in dir. Das wird deinen Großvater freuen."

„Ich werde nicht mit dir zurückkommen." Sie setzte sich auf. „Das ist jetzt mein Zuhause."

Ein Schrei schnitt durch den Wald und er kam aus der Richtung von Carmens Haus. Das Heulen eines Wolfes folgte und Melody geriet in Panik.

Brennans Lippen zierte ein bösartiges Grinsen. „Oh, das wird ein Spaß.“

Ash fuhr auf den Flughafen in Birchwood und brachte den Pick-up in der Nähe seines Flugzeugs zu einem Stopp. Ein Mann in einem beigen Mantel und einer Jeans sah von dem offenen Motorraum auf und flüchtete. Der Geruch nach Fuchswandler erreichte ihn durch die Heizung in seinem Auto.

„Was zum Teufel?" Ash zog den Schlüssel aus dem Zündschloss, sprang aus dem Pick-up und rannte um die Ecke des Hangars. Zwischen den Autos und Flugzeugen konnte er den Mann nicht entdecken. Ash folgte einer Duftspur aus kaltem Zigarettenrauch und Fuchsschweiß.

Gleich hinter der nächsten Flughallenecke entdeckte er den Mann. Er duckte sich hinter einem Müllcontainer, wahrscheinlich, um seinen Geruch zu übertönen. Ash krachte gegen den Wandler, drehte ihn auf den Rücken und starrte ihn nieder. „Was zum Teufel hast du mit meinem Flugzeug gemacht?"

Der Mann zuckte zusammen. „Es tut mir leid, es tut mir leid!"

Ash packte ihn an der Kehle und drückte zu. „An einer wertlosen Entschuldigung habe ich kein Interesse. Sag mir, was du getan hast!"

„Ich habe den Keilriemen entfernt", krächzte der Mann.

„Warum?"

Der Mann wich seinem Blick aus und der Schweißgeruch verstärkte sich. „Ich wurde angeheuert, um dich auf dem Boden zu halten."

Ash drückte härter zu. „Von wem?"

„Ich bin mir nicht sicher." Der Mann keuchte schwer. „Talvin hat den Deal gemacht. Ich weiß nur, dass ich tausend Dollar dafür bekommen sollte, dieses bestimmte Flugzeug auszuschalten."

Talvin musste seine Schlüsse gezogen haben, nachdem Ash das Kopfgeld für Melody nicht eingefordert hatte. Der Fuchswandler war ein besserer Ermittler, als Ash ihm zugetraut hätte.

Ash zerrte den Mann mit sich. „Repariere mein Flugzeug.“

„Okay, okay.“ Der Mann stolperte mit der Hilfe von Ash zum Flugzeug und machte sich an die Arbeit.

Ash stand direkt hinter dem Mann und drohte: „Stelle sicher, dass alles reibungslos funktioniert, denn du wirst mich begleiten.“

Der Mann wurde kreidebleich und nickte.

Während er arbeitete, versuchte Ash, Melody auf ihrem Handy zu erreichen. Es sprang jedoch immer die Mailbox an. Das war nicht wirklich überraschend, denn der Empfang in der Hütte war unter aller Sau. Dennoch machte sich Angst in ihm breit. Er hinterließ eine kurze Nachricht und schrieb ihr zudem: *Versteck dich! Er hat dich gefunden.* Anschließend rief er seine Rudelmitglieder an und hoffte, dass jemand ranging. Nicht einer antwortete. Auch ihnen schrieb er. *Beschützt Melody. Sie ist in Gefahr!*

Frustriert und besorgt marschierte er für eine gefühlte Ewigkeit vor dem Mann auf und ab. Während dieser beschäftigt war, wählte er weiterhin Nummern. In dem Moment, als der Kerl den Motorraum schloss, schubste Ash ihn auf den Beifahrersitz, packte einige Kabelbinder und fesselte ihn an Händen und Füßen.

Ash holte alles aus der Cessna heraus, und sie schafften den Weg in unter dreißig Minuten. Wie es schien, hing der Mechaniker an seinem Leben, und der Flug verging ereignislos. Als er zur Landung ansetzte, entdeckte er an der Anlegestelle ein unbekanntes Flugzeug. Sein Puls raste. Es musste sich um Brennan oder seine Anhänger handeln. Wie lange waren sie schon hier? Die Rauchschwaden aus den verschiedenen Hütten machten den Anschein, als wäre alles in Ordnung. Hatte irgendjemand seine Nachrichten erhalten? Er schaute auf sein Handy, aber der Akku war erschöpft. *Verdammt.*

Er landete auf dem Eis und rollte neben dem anderen Flugzeug zu einem Halt. Es war festgebunden und niemand schien in der Nähe zu sein. Um das Fluggerät entdeckte er Abdrücke von Stiefeln und Pfoten. *Pfoten.* Schnell stellte er das Flugzeug ab und sprang heraus.

„Hey, was ist mit –?", rief der Fuchswandler aus dem Flugzeug, abgeschnitten durch Ash, der die Tür hinter sich zuschlug. Der Kerl käme schon klar. Ash hatte es eilig; er musste Melody finden.

Er sah sich in der Umgebung um und nahm den Geruch mehrerer unbekannter Wolfswandler wahr, einschließlich des prägnanten Duftes eines Alphas. Brennan. Mit Sicherheit. Jedes Haar an Ashs Körper stellte sich auf und sein Wolf verlangte, befreit zu werden, und so riss sich Ash seine Klamotten vom Leib und verwandelte sich.

Er senkte seine Nase auf den Boden und konzentrierte sich auf die Spur des Alphas, der sich mit zwei anderen Wölfen in die Richtung von Ashs Hütte aufgemacht hatte. Ash rannte los. Wenn Brennan auch nur ein böses Wort zu Melody äußerte, würde Ash ihm die Zunge rausreißen.

Den halben Weg hatte er geschafft, als aus der Richtung von Carmens Haus ein Heulen zu hören war. Er ordnete den Ruf seinem ältesten Rudelmitglied Gregory zu.

Ash hob den Kopf und erwiderte das Heulen. Aber ein bloßes Heulen konnte die Dringlichkeit, die er fühlte, nicht übertragen. Nervosität und

Anspannung pulsierten durch seine Adern. Als Alpha hatte er die Macht, gedanklich mit seinem Rudel zu kommunizieren, wenn sie in Reichweite waren. Bisher hatte er das noch nie in Gebrauch genommen. Einen besseren Grund, seinen Schwur zu brechen, gab es nicht. *Melody bedeutet mir mehr.*

Er beschwor seine Macht, fand die Verbindung in seinem Kopf und richtete seine Worte an Gregory: *Ich brauche dich an meiner Seite!*

Der ältere Wolf antwortete: *Ich kann nicht. Es steht schlecht um Brigit. Wir befinden uns vor Carmens Haus.*

Scheiße. Der Kampf hatte bereits begonnen. *Wird sie wieder?*

Ich weiß es nicht, aber sie kann definitiv nicht kämpfen, und es sind mindestens fünf Männer in der Hütte.

Ashs Herz setzte einen Schlag aus. *Wo ist Melody?*

Diese Arschlöcher halten sie mit Carmen und den Kindern als Geisel. Sie warten auf dich.

Fuck. Ash änderte die Richtung und schnitt durch die Bäume zu der Hütte seiner Schwester. Gregory war nicht nur der Älteste im Rudel, ihm fehlte auch ein Arm. Es wäre Selbstmord, wenn er in den Kampf einschritt. *Wer ist noch bei dir?*

Nur Brigit. Der Rest des Rudels ist auf der Jagd.

Ash verlängerte seine Schritte. Seine finanziellen Sorgen hatte ihn derart beansprucht, dass er nicht daran gedacht hatte, dem Rudel zu sagen, dass er für ein paar Tage weg sein würde. Er hatte ihnen nicht befohlen, in der Nähe zu bleiben. Nur mit Gregory müsste er sich Brennan und seinen Männern stellen.

Wir brauchen ein größeres Rudel, flüsterte sein Wolf und rannte nun zum Bach.

Erst als er sich dem Pfad zur alten Hütte näherte, erkannte Ash, wohin sein Wolf ihn führte. *Die Hausbesetzer.* Würden sie ihm zu Hilfe kommen? Selbst wenn sie das täten, wirkte die Situation aussichtslos.

Sein Wolf bestand darauf, es zu versuchen. Ash stimmte zu.

Seine Muskeln brannten, seine Pfoten wühlten den Schnee auf. Er wich Bäumen und Büschen aus, um die Hütte in der Nähe des Baches zu erreichen. Ohne Geschwindigkeit herauszunehmen, verwandelte sich Ash in seine menschliche Form und überquerte die kleine Lichtung zum Eingang der Hütte. Mit der Faust schlug er gegen das dicke Holz. „Macht auf!"

Die Tür öffnete sich einen Spalt, und Matt ließ den Blick über Ashs Nacktheit fegen. „Ich habe dein Heulen gehört. Was ist los?"

Ash hatte keine Zeit für Smalltalk. „Willst du immer noch meinem Rudel beitreten?"

Die Augen des Mannes blieben kalt. „Antwortet dir dein Rudel etwa nicht? Brauchst du deshalb plötzlich meine Hilfe?"

Das Gesicht der Frau erschien hinter seiner Schulter. „Was spielt das für eine Rolle, Matt? Wir schulden ihm etwas dafür, dass er uns hier wohnen lässt." Sie fand Ashs Blick. „Wie können wir helfen?"

Ash zögerte und sah zu dem Baby in ihren Armen. Er würde diese Familie in Gefahr bringen. Aber Brigit war bereits verletzt, und ohne Hilfe könnten andere Mitglieder seines Rudels sterben. *Melody könnte sterben.* „Ein anderer Alpha hält meine Gefährtin als Geisel, und der größte Teil meines Rudels ist außer Reichweite. Ich brauche Rückendeckung."

Matt zog die Frau an seine Seite. „Ich werde mich dir anschließen, aber nur, wenn du Trish auch ins Rudel lässt."

Mit wachsender Frustration ballte Ash die Hände zu Fäusten. „Du weißt ganz genau, dass Menschen sich Rudeln nicht anschließen können."

„Matt, geh einfach." Trish stieß ihren Gefährten nach vorne. „Um mich kannst du dir später Sorgen machen."

„Wenn wir die Sache heil überstehen, bringe ich euch höchstpersönlich zum Gletscher", sagte Ash. „Aber du musst jetzt sofort mit mir kommen."

Matt verzog das Gesicht zu einer Grimasse. Es brauchte einen weiteren Schubs von seiner Gefährtin, bevor er sich sein Hemd auszog und eine schmächtige, mit Narben übersäte Brust enthüllte. Der Junge hatte einiges durchgemacht, aber für Fragen hatte Ash gerade keine Zeit. Normalerweise wurde das Ritual von den Rudelmitgliedern beobachtet. Heute musste es so gehen.

An einer Hand brachen seine Krallen hervor und er kratzte Matt direkt am Herz über die Haut. Purpurrotes Blut zeigte sich und floss seine blasse Haut hinunter. Matt zuckte nicht einmal zusammen, die Augen starr auf Ashs Hand gerichtet, als er seiner eigenen Handfläche eine Wunde zufügte.

Ash hielt seine blutende Hand hoch. „Akzeptierst du die Bindung zu diesem Rudel, wirst du die Mitglieder beschützen und den Befehlen deines Alphas folgen?"

„Es wird mir eine Ehre sein."

Ash drückte seine Handfläche gegen die gerade zugefügten Kratzer auf Matts Brust und vermischte ihr Blut, als er seine Alpha-Macht dazu benutzte, sie aneinanderzubinden. Sofort nahm er Matts Anwesenheit in seinem Verstand wahr. „Dann akzeptiere den Schutz dieses Rudels im Gegenzug."

In der Ferne war das Heulen mehrerer Wölfe zu hören, die den Neuzugang fühlten.

In Ashs Mund bildete sich ein bitterer Beigeschmack. Er hatte seine Alpha-Macht heute mehr genutzt als in den letzten zehn Jahren. Sein Wolf konnte nicht glücklicher sein und konnte den Kampf nicht erwarten. Ash musste sich jedoch in Erinnerung rufen, mit Vorsicht zu agieren. Strategisch. Auch mit Matt an seiner Seite blieb er in der Unterzahl.

Bereit?, fragte er Matt durch die mentale Verbindung.

Matt befand sich bereits in der Verwandlung, sein Körper beugte sich vorn über und dann erschien ein kupferfarbener Wolf mit hellen Stellen im Fell, die zu seinen Narben passten. *Es kann losgehen.*

Als sie durch den Schnee hetzten, hoffte Ash, dass er mit dem jungen Wolf zumindest seine Chancen vergrößern konnte.

Melody stand in Carmens Wohnzimmer und hatte die Hände schützend auf ihren Bauch gelegt. Das Baby hatte sich nicht bewegt, seit Brennans Beta sie vom Schneemobil gerissen hatte, und sie betete, dass alles in Ordnung war.

Brennan weigerte sich, zu gehen, bis er Ash konfrontiert hatte. Er lief durch die Hütte, sah sich Dinge von Carmen an, nahm sie in die Hand, warf sie von sich. Zumindest hatte er eine Jogginghose gefunden. Sie hatte es wirklich satt, ihn nackt herumlaufen zu sehen. Wie ein Abzeichen hatte er seine massive Erektion zur Schau gestellt.

Seine vier Betas waren immer noch in Wolfsform und folgten seinen Bewegungen mit ausdruckslosen

Augen, aber Melody wusste, dass sie für jeden Befehl ihres Alphas bereit waren. Sie hatten schon bewiesen, dass sie alles für ihn tun würden. Sie erschauerte und erinnerte sich an das blutige Gesicht der armen Brigit. Der Schnee um sie herum war in Rot getränkt gewesen. Sie hatten die Frau ihrem Schicksal überlassen und sich auf Carmen gestürzt, die sich vor Melody und Roxie gestellt hatte.

Nun lag Carmen auf dem Sofa auf ihrer Seite, ihre Hände hinter ihrem Rücken gefesselt, ein Auge angeschwollen und Blut tropfte von ihrer Lippe. Die Kinder kauerten auf dem Boden neben ihr, Rory mit einem Arm um seine Schwestern.

„Lass uns einfach gehen", flehte Melody ihn an. „Ich werde mich nicht wehren. Du musst niemandem mehr wehtun."

Brennan nahm ein Familienfoto von der Wand und schlug es gegen den Fernsehunterschrank. Das Glas brach und er entfernte das Foto. Er starrte auf die lächelnden Gesichter. „Ich werde erst gehen, wenn ich den Mann aus dem Weg geräumt habe, der dachte, er könnte meine Gefährtin stehlen."

„Niemand hat mich gestohlen. Ich bin weggerannt. Aber ich habe aus meinem Fehler gelernt." Melody schluckte ihre Abneigung gegen ihn herunter und näherte sich ihm, streichelte über seine behaarte Brust. „Lass uns einfach zu meinem Großvater zurückgehen und heiraten."

Er ließ das Foto los und es schwebte auf den Teppich. In der nächsten Sekunde packte er ein Bündel ihrer Haare, riss ihren Kopf zurück und zwang sie so auf ihre Knie. „Glaubst du wirklich, du kommst so leicht davon? Wie ein Narr habe ich mich durch dich gefühlt, Melody. Du bist eine hinterhältige kleine Hure und musst bestraft werden."

Sie klammerte sich mit beiden Händen an seinen Arm und presste eine Träne heraus. Er mochte es, wenn sie weinte. „Dann bestrafe mich. Bring mich nachhause und statuiere ein Exempel an mir."

Er schubste sie von sich. „Im Moment kann ich dich körperlich nicht verletzen. Nicht, solange du meinen Erben in dir trägst." Er richtete seine Aufmerksamkeit auf Carmen und die Kinder und leckte sich über die Lippen. „Aber es gibt andere Möglichkeiten, dich deine Entscheidungen bereuen zu lassen."

„Nein, bitte nicht." Melody schluckte schwer. Ihr schlimmster Albtraum war wahr geworden, und es gab nichts, was sie tun konnte, um ihn aufzuhalten.

Carmen starrte Brennan durch ihr gutes Auge an. „Mein Bruder war im Gefängnis für Mord. Indessen lässt du deine schmutzige Arbeit von anderen ausführen. Denkst du, Ash wird sich zurückhalten, wenn es darum geht, dir in den Arsch zu treten?"

„Du willst also, dass ich selbst Hand anlege?" Brennan holte zum Schlag aus, aber erstarrte, als ein Heulen die Hütte erschütterte.

Das Heulen eines Alphas. Das musste Ash sein. Melody wusste nicht, ob sie erleichtert oder besorgt sein sollte. Sie hatte gehofft, Brennan aus dieser Gegend heraus zu bekommen, bevor er noch mehr Blut vergoss. Nun würde der wahre Kampf beginnen. Menschen, die ihr wichtig waren, würden verletzt werden oder sogar sterben, und es war alles ihre Schuld.

Brennan drehte sich und gab einem seiner Männer ein Signal. „Du bleibst und behältst die Schlampe und ihre Brut im Blick. Der Rest von euch: mitkommen." Er packte Melody an den Haaren, zog sie auf die Füße und schob sie zur Tür. „Meine

Gefährtin soll zusehen, wie ich ihren Liebhaber bestrafe, damit sie niemals vergisst, was ein echter Alpha kann."

Ihre Füße fühlten sich wie Blei an, als er sie in den Vorraum der Hütte schubste. Das Baby lag schwer in ihrem Bauch und drückte auf ihre Blase. Für einen Toilettenbesuch hatte sie gerade nun wirklich keine Zeit. Es sei denn ... Brennan sagte, er würde ihr nicht wehtun, während sie sein Kind in sich trug. Könnte sie das zu ihrem Vorteil nutzen? Sie hatte noch nicht mal ihr zweites Trimester hinter sich gebracht, aber Brennan wusste wahrscheinlich weniger über Schwangerschaft und Geburt als sie.

Brennan öffnete die Tür und schob sie über die Türschwelle.

Sie stolperte nach vorn, stoppte abrupt, verzog das Gesicht zu einer Grimasse und umklammerte ihren Bauch.

„Was ist jetzt schon wieder los?", knurrte Brennan.

Sie beugte sich vor und stöhnte. „Ich weiß es nicht. Ich denke, du solltest mich besser in ein Krankenhaus bringen."

Er packte die Kapuze ihres Mantels und zog daran. „Für wie dumm hältst du mich?"

Nicht aufgeben. Sie stöhnte erneut, fiel auf die Knie, ihre Atmung abgehackt, so wie sie es im Fernseher gesehen hatte. „Es ist noch zu früh. Es darf noch nicht kommen."

Mit einer Hand packte er gewaltsam ihr Gesicht und stellte sicher, dass sie ihn ansah. „Willst du dieses Spiel wirklich spielen? Na gut. Dann lass ich dich hier und nehme stattdessen die Welpen mit, um mit ihnen das Blutbad aus der Ferne zu beobachten."

Scheiße. Sie schnappte nach Luft. „Nein, nein, es geht mir schon viel besser. Das Baby muss auf den Stress reagieren. Gib mir eine Minute, um die Krämpfe zu überstehen."

Schnaubend stand er auf und beobachtete sie mit einem kalten Ausdruck, als sie langsam auf die Beine kam. „Wenn du etwas in der Art nochmal versuchst, hast du keine zweite Chance zu erwarten."

Mit dem Blick auf den Boden gerichtet, nickte sie und ging zur Tür, die nach draußen führte.

Sie traten in den grauen Tag unter einem bewölkten Himmel. Melody ließ den Blick über die Lichtung schweifen und hoffte, dass Ash eine Armee zusammengestellt hatte. Leider fand sie nur drei Wölfe, die sich an der Waldgrenze positioniert hatten. Sie erkannte Ashs graues Fell und seine goldenen Augen. Zudem war sie sich sicher, dass es sich bei dem dreibeinigen Wolf um Gregory handelte. Den Kupferfarbenen kannte sie nicht; im Vergleich zu Brennans Leibwächtern wirkte er winzig.

Dann musste sie mit ansehen, wie sich Brennans Wölfe in Position brachten. Brennan presste sich an ihren Rücken, schlang einen Arm um ihre Taille und murmelte ihr ins Ohr: „Wenn du nicht genau hier stehen bleibst, bis ich dich wieder abhole, werden die Schlampe und ihre Wänster in der Hütte unter deiner Entscheidung leiden."

Ashs Wolf schimmerte und wenige Sekunden später stand er in seiner menschlichen Form vor ihnen. Sein Ausdruck war finster und doch konnte sie die Sorge in seinen Augen sehen. „Melody, geht's dir gut?"

Melody nickte, doch Brennan zog an ihr vorbei und versperrte ihr die Sicht auf Ash.

„Sprich mit mir, Straßenköter, nicht mit ihr!", brüllte Brennan.

„Kann ich machen. Du hast das Revier des Huntington-Rudels unerlaubt betreten", sagte Ash.

„Ich bin nur gekommen, um mein rechtmäßiges Eigentum zurückzuholen." Brennan blickte zu Melody. „Und um meine Gefährtin daran zu erinnern, wo ihr Platz ist."

„Sie ist nicht deine Gefährtin." Ashs Augen blitzten auf.

Brennan grinste bösartig. „Ich habe gehofft, dass du mir widersprechen würdest." In einem blendenden Blitz verwandelte er sich und raste nach vorn.

Seine Männer schlossen sich seinem Angriff an, als hätten sie die ganze Zeit nur darauf gewartet.

Ash verwandelte sich genauso schnell, in eine Kreatur mit langen, scharfen Zähnen und glühenden Augen.

Die beiden Seiten trafen in einer Sturmflut aus Knurren und Fell zusammen und katapultierten den Schnee mit ihren Pfoten in die Luft. Der kleine kupferfarbene Wolf wimmerte, als einer von Brennans Betas ihn auf dem Boden festnagelte. Gott sei Dank schaffte er es, sich zu befreien. Gregory hatte sich an dem Bein eines Betas festgebissen und weigerte sich, loszulassen, obwohl der Wolf mit den Zähnen seine Seite attackierte.

Melody bekam keine Luft. Sie waren zahlenmäßig unterlegen, und mit jeder Sekunde, die verging, färbte sich mehr Schnee blutrot. Sie musste etwas tun. Aber was?

In dem Moment hörte sie plötzlich ein Baby weinen und sie entdeckte die Frau aus der Hütte am Bach, wie sie um die Ecke des Hauses lunzte. *Was macht sie hier?* Auf einem Arm hielt sie das Baby, in ihrer freien Hand eine Schrotflinte. Auf keinen Fall konnte sie so einen adäquaten Schuss abgeben.

Melody hielt ihre Augen auf Brennans Wolf gerichtet und näherte sich ihr. „Gib mir die Waffe", flüsterte sie.

Die Frau biss sich auf die Lippe und reichte die Schrotflinte an Melody weiter. „Ich habe nur eine Kugel."

Nur eine Kugel. Natürlich. Melody nickte. „Dann wäre es wohl besser, wenn ich treffe."

Gregory lag nun unbeweglich am Rande des Schlachtfeldes und so bekam es Ash mit drei Gegnern zu tun. Blut verdunkelte den hellgrauen Hals ihres Gefährten, und er knurrte und holte mit den Vorderpfoten aus, versuchte, die Wölfe davon abzuhalten, sich ihm von der Seite zu nähern. Er sprang nach vorne und versenkte seine Zähne in die Kehle eines roten Wolfes. Sie rollten über den purpurroten Schnee, während es Brennans schwarzer Wolf auf Ashs Bauch abgesehen hatte.

Brennan zu erschießen, war so unmöglich. Sie musste ihn von den anderen Wölfen weglocken. *Wenn ich losrenne, wird er mir nachjagen.* Er würde nicht erlauben, dass sie erneut entkam. Ein paar Mal atmete sie tief ein und nahm dann einen Schritt auf die Lichtung zu. Ihr Ziel war es, Brennans Aufmerksamkeit für sich zu gewinnen. Das konnte sie nur erreichen, indem sie in sein Sichtfeld trat.

„Bleib hinter den Bäumen", sagte sie zu der Frau.

Melody vergewisserte sich, dass die Waffe entsichert war. Anschließend packte sie das Gewehr mit beiden Händen und rannte los. Sie würde nur ein paar Schritte schaffen, bevor er sie einholte. Sie musste bereit sein. Sie sprintete an dem Kampf vorbei und steuerte auf den Schneemobilschuppen zu, ohne sich die Mühe zu machen, nachzusehen, ob Brennan ihr folgte. Dies war ihre einzige Chance. Es musste funktionieren.

Sie stoppte, wirbelte herum und setzte die Schrotflinte an.

Brennan hatte den Köder geschluckt und kam mit voller Geschwindigkeit auf sie zu. Er sprang und seine blutigen Fangzähne zeigten sich, als er ein bedrohliches Knurren entließ.

Es blieb keine Zeit, zu zielen, also drückte sie ab. Der Rückstoß folgte. Der schwarze Wolf flog rückwärts durch die Luft und landete in einem Durcheinander aus Zähnen, Fell und Blut im Schnee. Eine wachsende Pfütze aus roter Flüssigkeit färbte den Schnee unter ihm.

Jeder einzelne Wolf erstarrte und sie schienen alle den Atem anzuhalten.

In der Stille zuckte Brennan einmal. Zweimal. Dann ... nichts mehr.

Ash ließ den Wolf frei, den er am Boden festgenagelt hatte, und näherte sich Melody. Sie legte eine Hand auf seinen Hals und vergrub ihre Finger in seinem Fell. Ihr Verstand überschlug sich und sie fürchtete, sich gleich übergeben zu müssen. *Ich habe gerade einen Mann getötet.*

Aber … sie durfte keine Schwäche zeigen. Zittrig atmete sie ein, sah zu Brennans Gefolgsleuten und sagte mit überraschend ruhiger Stimme: „Ich schlage vor, dass der Rest von euch verschwindet, bevor ich mir ein neues Ziel auswähle."

Ohne zu protestieren, machten sich die Betas aus dem Staub.

Sie beobachtete, wie sie mit gesenkten Köpfen verschwanden, und fragte sich, wie das Rudel, in dem sie aufgewachsen war, so korrupt geworden war. Abcr das spielte keine Rolle mehr. Sie hatte ein neues Rudel, eine neue Zukunft. Und zum ersten Mal in ihrem Leben fühlte sie sich wahrlich losgelöst und war bereit, ihren eigenen Weg zu gehen.

Schweiß lief Melody über die Stirn und ihre Wirbelsäule fühlte sich an, als würde sie gleich brechen. Natürlich hatte sie gehört, dass eine Geburt nicht gerade schmerzfrei vonstatten ging. Jedoch hätte sie sich niemals vorstellen können, wie qualvoll es tatsächlich sein würde. Sie wollte sterben! „Ich brauche Drogen!", stöhnte sie.

Ash hielt ihre Hand. „Ich liebe dich", murmelte er immer und immer wieder.

Am liebsten würde sie ihm eine runterhauen, aber schließlich war ihr Zustand nicht seine Schuld.

Die Ärztin in Anchorage hatte gemeint, dass Melodys Tochter erst in drei Wochen kommen würde. Ash hatte angeboten, sie einzufliegen, sodass sie die Woche vor dem Geburtstermin in einem Hotel verbringen konnte und so im Notfall bereitstände. Nur hatten sie und Ash gerade nicht sehr viele Rücklagen. Melody hatte also warten wollen, bis sie dem Geburtstermin etwas näher waren.

Aber dieses Baby hatte es eilig und wollte bereits heute in Ashs Hütte auf die Welt kommen.

„Pressen, Melody", sagte Brigit vom Fußende des Bettes. „Wir haben es fast."

Wie durch ein Wunder war keine einzige Person im Kampf gegen Brennan gestorben – außer Brennan selbst. Brigit trug eine Narbe an ihrem Oberschenkel und eine weitere an ihrer Schläfe, aber sowohl sie als auch Gregory waren nach ein paar Wochen wieder fit gewesen. Und das war auch gut so, denn Brigit war eine ausgebildete Hebamme.

„Ich kann nicht mehr!", keuchte Melody und drehte ihren Kopf von einer Seite zur anderen.

„Doch kannst du", sagte Brigit. „Du musst."

Eine weitere Wehe kündigte sich an und ihr Körper schien in der Mitte zu zerreißen. Sie nahm all ihre

Energie zusammen und presste. Und dann, von einer Sekunde auf die nächste, war sie leer.

Tief atmete sie ein, überrascht, wie gut es sich anfühlte, endlich ihre Lungen vollständig füllen zu können.

Brigit hielt ein faltiges, rotes Baby mit einem Flaum aus schwarzen Haaren auf dem Kopf hoch. Das Baby weinte, seine kleinen Gliedmaßen strampelten.

Ash küsste Melodys Schläfe. „Du hast es geschafft! Wir haben eine Tochter!"

Melody jedoch hörte nur mit einem Ohr zu.

Eine wortlose Präsenz, auf die sie ihr ganzes Leben gewartet hatte, machte sich in ihrem Verstand bemerkbar. Eine Magie, die langsam ihren Körper erfüllte, von ihrer Kopfhaut bis zu ihren Schultern und ihrer Brust, ihre Beine hinunter, bis sogar ihre Zehen vor Energie kribbelten.

Ihr Wolf.

Hallo?

Die Antwort fühlte sich an wie ein Hundelächeln, so warm und willkommen. Ihre Wölfin zappelte, als wäre Melody gerade zu ihr nachhause gekommen.

Mit unbändiger Freude wurde sie begrüßt. Emotionsgeladen schickte die Wölfin: *Unser Kind.*

Melodys Augen füllten sich mit Tränen, und sie blickte auf das Baby hinunter, das nun auf ihrer Brust lag. Nach ein paar Sekunden hob sie den Blick zu Ash, sein Ausdruck erfüllt von Liebe und wahrer Hingabe.

„Meine Wölfin ist hier", keuchte sie.

Er stieß einen Atem aus. „Ich habe dir doch gesagt, dass sie nur auf den richtigen Moment wartet. Ich kann es kaum erwarten, sie kennenzulernen."

Ein Chor von Wölfen stimmte vor der Tür ein Lied an und hieß ihre Wölfin willkommen.

Sie zog Ash zu einem Kuss an ihre Lippen.

Unser Gefährte. Ihre Wölfin könnte nicht glücklicher sein.

Melody erging es ganz genauso.

Ash trat auf die Anlegestelle, um das Postflugzeug zu begrüßen. Der frische Duft von Pappelsaft erfüllte die Luft, und die ersten Rohrkolben waren entlang der Küste aufgetaucht. Er war immer noch leicht angespannt und wartete stets auf den Vergeltungsschlag von Melodys altem Rudel. Bisher war aber nichts passiert, nicht einmal die Anfrage nach Brennans Leiche.

Er nahm das Postbündel vom Piloten entgegen und lief zurück, erleichtert darüber, dass es keine Passagiere gegeben hatte.

Der Wandlerrat hatte Brennans Tod als Akt der Selbstverteidigung eingestuft, und das Grab des schwarzen Wolfes lag in der Nähe zum Revier des

Quentin-Rudels – eine Warnung an alle, die daran dachten, in Huntington-Land einzufallen. Matt und Trish waren mit offenen Armen in das Rudel aufgenommen worden, und Carmen hatte der kleinen Familie sogar passende, mit Perlen bestickte Mukluks geschenkt. Ash hatte das Paar vor einigen Wochen zum Gletscher gebracht, und Trish hatte einen Wolf erhalten. Zwar waren die Babys noch zu jung, um miteinander zu spielen, jedoch genoss es Melody, eine andere junge Mutter als Freundin zu haben.

Als das Postflugzeug in den Himmel abhob, betrat Ash den Waldpfad zum Haus und blätterte durch Briefumschläge und Flyer. Für Melody war ein großer brauner Umschlag dabei, gefolgt von einer Rechnung vom Kinderarzt. Melody brauchte keinen Arzt mehr; ihre Wölfin würde sie nun heilen. Sie beide fühlten sich jedoch besser, für das Baby jemanden zu haben.

Ein graubrauner Wolf tauchte aus dem Unterholz auf und Ash nickte Yates zur Begrüßung zu. Nach dem Vorfall im Café hatte der Mann eine Nacht im Gefängnis verbracht, wurde aber freigelassen, als Talvin sich weigerte, Anklage zu erheben. Wie sich herausstellte, hatte Yates einen Polizisten über einen anonymen Tipp reden hören. Angeblich plante ein Mann mit Ashs Beschreibung, jemanden zu ermorden. In dem Moment war Yates klar geworden, dass Talvins Anruf eine Falle war. Ash wäre für immer dankbar, dass Yates eingegriffen hatte.

Yates wechselte zu seiner menschlichen Form und trat an Ashs Seite. Er sah zu den Briefen in Ashs Händen. „Irgendetwas für mich dabei?"

Ash reichte ihm einen Flyer für einen Möbelverkauf am Memorial-Day, der schon vor einer Woche stattgefunden hatte. „Nicht, solange du kein Postfach hast."

„Verdammt, ich wünschte, ich hätte ein Postfach." Yates öffnete den Flyer. „Auf diesen Bildern sind nicht einmal knapp bekleidete Frauen zu sehen. Fliegst du bald mal nach Anchorage?"

Ash entdeckte eine Mahnung für die Hypothek und seufzte. Er wollte Melody mit einem Neugeborenen nicht allein lassen. Er hatte seit fast einem Monat keinen Job mehr angenommen, aber er konnte es nicht länger aufschieben. „Ja, ich werde wahrscheinlich in den nächsten ein oder zwei Tagen fliegen."

„Gib mir Bescheid, dann komme ich mit. Die Damen im Bush-Company-Club vermissen mich." Damit kehrte Yates zu seiner Wolfsgestalt zurück und lief davon.

Ash schnaubte und setzte seinen Weg fort. Nach dem, was Yates für ihn getan hatte, konnte der Mann für den Rest seines Lebens umsonst mitfliegen. An der Hütte schlüpfte er aus seinen dreckigen Schuhen und trat ein.

Melody lag auf dem Sofa und döste bei einer weiteren Episode von *Glee*. Die Musik schaffte es immer wieder, das Baby in den Schlaf zu wiegen, und gerade ruhte es auf der Brust seiner Gefährtin. Als Melody ihn hereinkommen hörte, legte sie das Baby sanft in seine Wiege und lief dann auf ihn zu. „Ich habe schon auf dich gewartet. Sie schläft. Hast du Lust auf etwas Zweisamkeit?"

Sein Schwanz erwachte sofort zum Leben. Ihr Sexleben war seit der Geburt des Babys auf einen Quickie hier und da reduziert worden. Ohne ein weiteres Wort hob er sie in seine Arme und trug sie ins Schlafzimmer. Bevor er sie abstellte, hatte sie bereits mit dem Entkleiden begonnen. Um den Anschluss nicht zu verlieren, riss er sich schnell die

Kleidung vom Körper und dann trafen sie sich vollkommen nackt am Fußende des Bettes.

„Gott, ich liebe diese Titten." Er umfasste Melodys schwere Hügel und fuhr mit den Daumen über ihre Nippel.

Mit der Geburt und der Ankunft ihres Wolfes hatte sich ihr Körper verändert. Sie war nun muskulöser, stärker und ihre Brüste größer. Und sie war dominanter geworden. Ihre Wölfin war kein Alpha, aber sie war willensstark. Das erregte ihn ungemein.

Sie schubste ihn auf das Bett, setzte sich rittlings auf ihn und lehnte sich vor, um über seine Brust zu lecken. Ihre kleinen Zähne knabberten an seinen Brustwarzen, woraufhin er seine Hände auf ihren Arsch legte und seinen Intimbereich ihrer Hitze entgegenhob.

Begleitet von einem sanften Stöhnen glitt sie mit ihrer Spalte über seinen Schwanz. Nässe bedeckte ihn und der Duft ihrer Erregung erfüllte seine Sinne.

Während sie sich an seiner Länge erfreute, fuhr er mit den Handflächen über ihre weiche Haut, an ihren Seiten hoch, sodass er wieder ihre Brüste berühren konnte. Aus ihren Nippeln sickerte ein wenig Milch, was er ungemein sexy fand.

Sie richtete sich auf, umfasste seinen Schwanz und führte die Eichel zu ihrer Öffnung. Als sie sich langsam auf ihn herunterließ, schloss er glückselig die Augen. Rein und raus ließ sie ihn gleiten und rotierte ihre Hüfte mit stetig wachsender Dringlichkeit.

Er packte ihren Arsch und beobachtete, wie sie ihren Kopf zurückwarf und ihn ritt. Sie war wunderschön. Niemals hätte er gedacht, jemals so viel Glück zu erfahren.

Die Wände ihres Geschlechts zogen sich um ihn zusammen. Stöhnend beschleunigte sie ihre Bemühungen. Er musste seine gesamte Kontrolle bündeln, um nicht mit ihr zur Erlösung zu finden. Er wollte nicht, dass ihr Liebesspiel schon zu einem Ende kam.

Er gab ihr einen Moment und ließ die Lustwelle abklingen, bevor er knurrte: „Ich bin dran." Im selben Atemzug drehte er sie auf den Rücken.

Er presste ihre Hände über ihren Kopf, sah in ihre von Erregung geprägten Augen und machte sich daran, sie mit langen Stößen zu verwöhnen. Sie atmete schwer, ihre Pussy pulsierte noch immer um ihn und sie warf den Kopf stöhnend von links nach rechts. Er fing ihre Lippen für einen Kuss ein und genoss ihre Süße, während er sich weiterhin in ihrer Hitze verlor.

Als sie ein zweites Mal kam, war er bereit. Die Wände ihres Geschlechts massierten seine Länge, und sie unterdrückte einen Schrei, um das Baby nicht aufzuwecken. Tief vergrub er sich in ihr und füllte sie mit seinem Sperma.

Vollkommen außer Atem ließ er Küsse auf ihren Hals rieseln. Sie streichelte seinen Rücken, ihre Beine noch immer um seine Taille geschlungen, als er sie mit gemächlichen Stößen von ihrem ekstatischen Hoch herunterholte.

„Du bist sehr leise gewesen. Gut gemacht", flüsterte sie.

Er gluckste. Sie war diejenige, die ihre Lust stets herausschrie, nicht er. „Du warst auch artig."

„Ich habe Hunger. Was ist mit dir?"

Er nickte und rollte von ihr runter. Sie machten sich frisch, zogen sich an und gingen auf dem Weg zur Küche auf Zehenspitzen an der Wiege vorbei. Während er ihnen Sandwiches schmierte, saß sie an der Kücheninsel und blätterte durch die Post. Sie hielt einen Umschlag hoch. „Mist, noch eine Mahnung?"

Er schob einen Teller mit einem Truthahn-Sandwich in ihre Richtung. „Ja, ich werde mich morgen um einen Job kümmern müssen."

„Das gefällt mir nicht." Ihr Blick richtete sich wieder auf das leuchtend rote Wort Mahnung, das direkt auf den Umschlag gestempelt wurde. „Aber es bleibt uns wohl nichts anderes übrig."

„Es tut mir leid." Er biss in sein Sandwich. „Oh, in dem Stapel war auch etwas für dich."

Sie fand den großen braunen Umschlag. Für eine lange Zeit starrte sie ihn an, ohne ihn zu berühren.

„Was ist los?", fragte er.

„Er ist vom Anwalt meines Großvaters." Die Haare in seinem Nacken stellten sich auf. Hatte das Rudel nun doch Anklage erhoben?

Sie schob ihren Teller zur Seite, drehte den Umschlag um und öffnete ihn mit zitternden Händen. Dann beobachtete er ihre Augen, als sie durch den Inhalt las, bis er es nicht mehr aushielt und fragte: „Und? Was steht drin?"

„Mein Großvater ist tot." Sie schüttelte den Kopf und eine Sorgenfalte formte sich zwischen ihren Augenbrauen. In Zeitlupe reichte sie ihm die Dokumente. „Was den Rest angeht: Sag du mir, was das bedeuten soll."

Er überflog den Juristenjargon der Wandler, der vor einem menschlichen Gericht keine Bedeutung hätte und erkannte schnell, dass es sich bei dem Schreiben um die Bedingungen für ihren Treuhandfonds handelte. Bei dem Blick auf den Betrag entließ er einen leisen Pfiff. Nicht mal ihm war bewusst gewesen, wie viel sie erben würde und was sie aufgegeben hatte, indem sie ihr altes Rudel verließ. Im nächsten Paragrafen ging es um die Eheklausel und er musste ihn ein zweites Mal lesen.

Im Wohnzimmer machte sich seine Tochter bemerkbar, die langsam von ihrem Nickerchen erwachte. Melody holte sie und setzte sich wieder an die Kücheninsel.

Ash legte die Papiere ab. „Wenn ich das richtig verstehe, heißt das, dass du alles erben wirst, wenn du ein Alpha wirst oder einen heiratest."

„Irgendeinen Alpha, nicht nur Brennan?“ Sie schnappte nach Luft und ihre Augen funkelten aufgeregt. „Du bist ein Alpha!“

Er nickte. „Ja, das bin ich.“

Das bedeutete, dass er keine neuen Aufträge annehmen müsste, um die Hypothek zu bezahlen. Er müsste Melody nicht verlassen. Darüber hinaus könnten sie für den Rest ihres Lebens in Luxus leben.

Melody grinste und gab das Baby an ihn weiter. „Ich denke, ihre Windel muss gewechselt werden.“

„Von wegen Alpha“, murmelte er. Lächelnd schmiegte Ash seine quengelige Tochter an seine Brust. Es überraschte ihn auch jetzt noch, wie glücklich er war. Er würde jede Windel auf dieser Welt wechseln; es machte ihm nichts aus. Er hatte mehr, als er sich je erträumt hatte.

Er war ein Alpha, der seine Gefährtin gefunden hatte.

Lieber Leser,

das war's fürs Erste mit den Alphas aus Alaska. Wenn du meine Gefährtin für Monster-Reihe noch nicht gelesen hast, empfehle ich dir, mit Der Kuss des Meermannes zu beginnen.

Er ist wild, verführerisch und bringt ihr Blut zum Kochen, wenn er sie berührt. Schon bald braucht sie ihn für mehr als einen einfachen Kuss, der ihr die Gabe zum Atmen unter Wasser gewährt ...

Viel Spaß beim Lesen!
XOXO
Tamsin

P.S. Übrigens habe ich auch einen Newsletter. Wenn Du dich dafür anmeldest, gehörst Du immer zu den Ersten, die von einer neuen Veröffentlichung erfahren. Auch erwarten Dich tolle kostenlose Downloads, und das Beste von allem: Du erhältst direkten Zugang zu mir! Hier kannst du dich anmelden:

https://geni.us/tamsin_abonnieren

Ich hoffe, ich kann Dir bald eine E-Mail schicken!

ÜBER DIE AUTORIN

Vor langer, langer Zeit habe ich es mir in den Kopf gesetzt, biomedizinische Technikerin zu werden. Das Aufschneiden von Laborratten führt allerdings selten zu einem glücklichen Ende, wie man es aus Büchern kennt. Jetzt vermische ich meine Begeisterung für die Wissenschaft mit charakterorientierter Romance und einem garantierten Happy End. Meine Monster finden immer ihre Gefährten, in Geschichten mit temperamentvollen Protagonistinnen, gequälten Helden und einer guten Portion Erotik. Ich verspreche Dir, meine Geschichten werden Dich nicht hängen lassen. (Obwohl es natürlich passieren kann, dass Du danach noch mehr willst!)

Wenn ich nicht schreibe, dann findest Du mich im Garten oder in der Küche, auf Erkundung durch Alaska mit meinem Ehemann oder bei der Vorbereitung auf eine Zombie-Apokalypse. Ich liebe Wein und Apple Cider. Und auch wenn ich nur ein bescheidenes Talent dafür besitze, genieße ich es, zu häkeln.

<u>Gefährten für Monster</u>

Der Kuss des Meermannes

Die Mission des Meermannes

Eine Meerjungfrau mit Herz

Eine Braut für den Zentauren

<u>Alphas in Alaska</u>

Adrians Gefährtin

Keplers Wölfin

Elias' Geheimnis

Ashs Wildfang